다시 한번

다시 한 번 ㄱ

손종호 장편소설

초판 1쇄 찍은 날 § 2017년 5월 16일
초판 1쇄 펴낸 날 § 2017년 5월 23일

지은이 § 손종호
펴낸이 § 서경석

편집책임 § 김경민

펴낸곳 § 도서출판 청어람
등록번호 § 제387-1999-000006호
등록일자 § 1999. 5. 31
어람번호 § 제1-2693호

주소 § 경기도 부천시 부일로 483번길 40 서경B/D 3F (우) 14640
전화 § 032-656-4452 팩스 § 032-656-4453
http://www.chungeoram.com
E-mail § chungeorambook@daum.net

ISBN 979-11-04-91327-3 04810
ISBN 979-11-04-90670-1 (세트)

다시 한번 7

손종호 장편 소설

FUSION FANTASTIC STORY

도서출판 청어람

다시 한번

목차

1장

전환점

"어라? 수사관님도 같이 가시려구요?"

"저도 짐은 챙겨야 하지 않겠습니까?"

아까까지만 해도 칭찬을 마지않던 수사관이 이젠 한심하단 눈빛으로 말을 이었다.

"일부러 저를 실망시키려고 그러시는 거라면 지금도 충분하니, 그만하시죠."

10분 전으로 돌릴 수만 있다면 얼마나 좋을까…….

*　　　*　　　*

"속보네요."

내용을 이미 알고 있는 수사관이 무미건조하게 말해왔다.

"예, 덕분에 오늘 회의는 조금 늦어질 것 같습니다."

[예, 저희 검찰은 어젯밤 11시 40분경 해경과 함께 필리핀의 한국계 조직과 연계해 장기 매매를 하려던 일당들을 일망타진했으며, 추가적으로 한국계 조직의 체포를 위해 필리핀 당국의 협조를 요청했습니다.]

[그렇군요. 인신매매 조직의 규모가 상당하던데, 혹시 피해자가 더 있을 가능성은 없는 겁니까?]

[그건, 지금으로선 말씀드리기 어려울 것 같습니다. 하지만 혹시나 있을지도 모를 추가 피해자에 대비해, 현재 총력을 다해 수사를 진행하고 있습니다.]

뉴스 속보 화면엔 부장검사가 기자들의 질문에 대답을 하는 모습이 흘러나오고 있었지만, 사무실의 분위기는 축 처져 있기만 했다. 그런 데는 여러 이유가 있겠지만, 어젯밤 윤정 씨가 했던 이야기가 가장 크리라 생각된다.

부장검사의 인터뷰를 보고 있자니, 지금도 내 눈치를 살피고 있는 그녀가 했던 말이 떠오른다.

'무사하셔서 다행입니다. 검사님.'

사무실 문을 열고 들어서자마자 듣는 말치곤, 대답하기 난감했었지…….

'하하… 어차피 현장에선 형사님들께서 다 하시는데 제가 위험할 리가 없잖아요?'

'그게…….'

'왜 그러세요?'

그땐 몰랐지만, 의아해하는 나와 수사관을 지나쳐 곧바로 문부터 닫았던 걸 생각하면 윤정 씨는 혹시나 누군가 듣지 않을까 걱정했었던 것 같다. 아무튼 그렇게 문을 닫은 그녀는 굳은 얼굴로 우리에게 말했었다.

'사실, 오늘 오후에 부부장검사님께서 통화하는 내용을 우연히 듣게 됐어요.'

그렇게 말하며 뭔가 결심을 하는 것처럼 심호흡을 하는 그녀의 모습에서 난 직감적으로 나와 관련된 이야기라는 걸 느낄 수 있었다. 참… 다시 떠올려 봐도 내 이야기라는 걸 깨닫는 건 그리 유쾌한 일이 아니라니까… 그게 좋은 소식이 아니라면 더더욱 말이지.

'통화 내용이 뭐였길래 그러세요?'

수사관이 답답한 듯 그녀에게 되물었다.

'예, 그게…….'
'윤정 씨, 저는 괜찮으니까 말씀하시기 어려우시면 안 하셔도 됩니다.'

나란 놈도 참 간사하다. 그렇게 말하면 그녀가 말을 안 할 수 없다는 걸 알면서도 그녀를 몰아붙였으니…….

'아니요. 말씀드려야 할 것 같아요… 검사님과 관련된 이야기였습니다.'
'저요? 부부장검사님께서 이번 사건에 관련해서 통화를 하셨었나 봅니다?'

그녀는 대답 대신 몇 차례나 고개를 끄덕인 후에 힘겹게 입을 열었다.

'예, 부장검사님과 통화를 하시는 것 같았는데… 일이 커지기 전에 언론에 공개하는 것이 어떠냐고 했습니다.'

윤정 씨의 말대로라면 그때가 오후 5시에서 6시 사이였으니, 수사반이 미친 듯이 놈들의 은신처를 찾고 있었던 시기에 지휘를 해야 할 인간들은 빠져나갈 구멍을 만들기에 여념이 없었다고 봐야겠지.

결국 난 버려진 패였단 건가. 그저 평범하게 검사 생활을 하고 싶었을 뿐인데, 왜 이리 걸림돌이 많은 건지…….

[마지막으로 질문 하나만 해도 되겠습니까?]

[죄송합니다. 조금 전에 말씀드렸다시피 질문은 여기까지만 받도록 하겠습니다.]

상념에서 깨어나니 어느새 속보는 끝이 나 있었다. 슬슬 또 하루를 시작해 볼까…….

"그럼, 전 아침 회의에 다녀오겠습니다."

"예, 다녀오십시오."

회의실에 도착해, 10분 정도를 기다리자 부장검사가 문을 열고 들어왔다.

"어우, 우리 최 검사. 어제 고생이 많았어."

"아닙니다. 제가 뭐 한 게 있겠습니까. 부부장검사께서 다 하셨는걸요."

"부부장검사님 말로는 자네가 많은 도움이 됐다고 하던데. 부부장검사님, 제가 잘못 알고 있는 겁니까?"

"아닙니다. 저 친구가 워낙 겸손해서 저를 띄워주려고 그리 말한 것뿐입니다."

부부장검사의 말에 부장검사가 흡족한 미소를 지으며 내게 말했다.

"역시 우리 최 검사, 믿음직하다니까."

정말 어쩜 이렇게 태연히 말을 할 수가 있을까. 가증스러운 부장검사의 행태에 금방이라도 구역질이 올라올 것만 같다.

"과찬이십니다. 아직 사건이 마무리된 것도 아닌데요."

"그 사건이라면 이미 대검으로 이송이 됐으니, 자넨 이번에 은행 납치 사건 관련자들만 조사하면 되네."

"예? 그게 무슨?"

"나도 좀 전에 하달받아서 자세한 내용은 모르지만 검찰총장님께서 직접 지시하신 사항이니, 자넨 그렇게만 알고 있으면 돼. 알겠나?"

담당 검사인 내게 아무것도 알려주지 않고 이렇게 일방적인 통보라니…….

"왜 대답이 없어?"

"죄송합니다. 그렇게 알고 있도록 하겠습니다."

검찰총장 지시라… 혹시 어제 발견된 혈흔과 관련이 있는 건가?

"그럼 오늘도 고생들 하자구."

그렇게 내가 사건에 대한 고민을 하고 있는 사이, 어느새 회의는 끝이 나 있었다.

"이야, 최 검사. 부럽네."

또 시작인가? 언제나처럼 황 검사가 오늘도 회의가 끝나기가 무섭게 시비를 걸어왔다.

"제가 부러울 게 뭐가 있겠습니까?"

"뭐긴 뭐야? 오늘도 봐봐. 사건 처리하기 어려울 것 같으니까 부장님께서 아주 기저귀까지 갈아주던데?"

"오해이십니다."

"오해는 무슨, 나도 너처럼 백 좀 있어서 승진 건수나 팍팍 잡았으면 소원이 없겠는데. 좋겠어? 뉴스 속보에까지 나온 장기 매매 사건이면 실적은 이제 걱정 없을 거 아냐?"

이 씨발 새끼가 지금 뭐라는 거지?

"말씀이 좀 지나치신 것 같습니다. 황 선배."

"황 선배? 너 말이 좀 짧다?"

웬만하면 참고 넘어가려고 했는데, 이번만은 참기가 힘들 것 같다.

"제가 그럴 만하지 않습니까?"

"뭐?"

황 검사가 기가 차다는 듯 험악한 인상으로 내게 점점 다가왔다.

"내가 잘못 들었거든, 최 검사. 뭐라고?"

"뭐긴 새꺄. 척하면 알아 처먹어야지. 니 말하는 싸가지가 좆같다잖아."

문밖에서 들려온 욕설에 고개를 돌리자, 벌컥 하는 소리와 함께 한 사내가 안으로 들어왔다. 그리고 그를 본 회의실 내의 검사들은 일제히 행동을 멈출 수밖에 없었다. 그도 그럴 것이 소위 짬밥이 안 되는 우리 같은 평검사들은 함부로 말조차 걸 수 없는 자였기 때문이었다.

"부장님 좀 뵈려고 왔다가 후배 기 좀 잡나 해서 가만히 듣고 있었더니, 참 가관이 따로 없구만. 황 선배가 누구야?"

정리되지 않은 머리를 벅벅 긁던 형사 1부 부부장검사 곽만호가 덥수룩한 수염을 한 번 매만지고는 차가운 눈동자로 우리를 훑었다.

"뭐야? 아깐 그렇게 잘 지껄이더니, 왜 말이 없어. 어디 보자. 너지?"

내 앞에 서 있던 황 검사를 지목한 곽 검사가 천천히 황 검사에게 다가갔다.

"야, 이 개새끼야. 뭐가 어쩌고 저째?"

"그냥 후배 좀 놀려주려고 농담을 했던 건데 기분 나빴다면 죄송합니다."

"이 새끼, 완전 또라이네… 농담? 하아… 장기 매매 같은 건수가 있었으면 좋겠다는 게 농담이야? 그게 검사라는 놈이 할 말이냐고, 새끼야!"

대답을 못 하고 머뭇거리는 황 검사에게 다가간 그는 그대로 주먹을 날렸다. '퍽' 하는 소리와 함께 쓰러진 황 검사가 놀란 눈으로 그를 바라보자, 곽 검사는 이제야 조금 후련해졌다는 듯 고개를 좌우를 흔들며 놈에게 말했다.

"이 정도면 건수가 좀 될 거야. 어디 한번 기소해 봐. 잘하면 평생 실적 걱정 없을 테니까."

"아닙니다… 제가 경솔했던 것 같습니다."

황 검사의 대답에 한심하다는 듯 혀를 한 번 찬 곽 검사가 이번엔 나를 보며 말했다.

"니가 이번에 중앙지검에서 왔다는 최승민이 맞지?"

중앙지검에서 찍힌 보람이 있구만. 일개 평검사를 모르는 사람이 없으니…….

"예, 맞습니다."

"어떤 놈인가 궁금했는데, 소문대로구만. 어이, 최 검사."

"예, 말씀하십시오."

"너무 곧으면 부러진다."

곽만호는 내 대답도 듣지 않은 채, 그 말과 함께 회의실을 떠났다. 곧으면 부러진다라? 근데 이걸 어쩌나… 내가 곧은 게 아니라 모두가 다 휘어 있는데.

* * *

"다녀오셨습니까?"

"예, 수사관님. 근데, 저 없는 동안 별일 없었죠?"

"박 반장님이 검사님께서 돌아오시면 연락 좀 해달라는 것 말고는 특이 사항은 없었습니다."

"흐음, 그래요? 어차피 나가는 김에 만나뵈려고 했는데 잘됐네요."

"남부 경찰서로 가시려는 겁니까?"

"예, 그러려구요."

"그럼, 같이 가시지요."

"아니요. 저 혼자 다녀오겠습니다."

"예? 운송책이 누군지 조사하려고 가시는 것 아니었습니까?"

"죄송하지만, 위에서 지시가 내려왔습니다."

"설마? 사건에서 손을 떼라고 하는 건 아니겠지요?"

"그건 아닙니만, 운송책과 관련된 부분이 대검 쪽으로 넘어가게 됐습니다. 아무래도 어제 발견된 혈흔과 대검이 수사 중이던 다른 사건이 관련이 있는 모양이에요."

"그래도 이건 너무 일방적인 것 같은데요?"

"사실, 저희 쪽은 이미 끝난 거나 다름없지 않습니까. 그러니 그런 결정을 내렸겠죠."

"그렇다면 이해가 안 가는 건 아니지만… 무슨 사건인진 전혀 듣지 못하신 겁니까?"

"예, 제 느낌으론 부장님께서도 알지 못하시는 것 같았습니다."

"부장검사님께서 알지 못하시다니요?"

"검찰총장님께서 갑자기 지시하신 사항이라 그럴 겁니다. 뭐, 모르긴 몰라도 대검이 관련된 걸 보면 필시 예사 사건은 아닐 테지만요."

"아까 박 반장님께서 다급하게 검사님을 찾은 이유가 이거였군요."

"그럴 겁니다. 아마 박 반장님께서도 꽤나 당황하셨을 겁니다."

"예, 통화했을 때 많이 흥분하신 것 같았습니다. 그나저나 이제 운송책이 누군지 알 수 없겠군요."

"에이, 어차피 재판을 받게 될 텐데 그럴 리가 있나요."

입술이 살짝 나온 걸 보면, 수사관은 아무래도 직접 밝혀내지 못한 게 아쉬운 모양이다.

"그럼, 전 이만 다녀오겠습니다."

"예. 고생하십시오."

*　　　　*　　　　*

"대체 어떻게 된 거야?"

"어떻게 되긴요. 형사님도 아시잖아요."

"인마, 내가 그걸 물어보는 게 아니잖아. 무슨 사건이길래 갑자기 들이닥쳐서 관련 자료들을 그렇게 뺏어 가냐는 거지!"

"모르겠어요. 부장검사가 인터뷰 잘 하고 와선 검찰총장 지시로 그렇게 됐다는데 제가 뭘 어쩌겠어요."

"하아… 대체 뭐지? 조금이라도 짐작 가는 것도 없어?"

"그게 실은 하나 걸리는 사건이 있긴 한데. 아니다. 아무리 생각해도 너무 말이 안 돼요."

"뭔데?"

대검이 관련됐고 대중에겐 자세한 내막이 알려지지 않았으면서도 은밀하게 진행해야 하는 사건은 그리 많지 않지.

"제 짐작으로는 요 근래 사회적으로 이슈가 됐던 사건이에요."

"얌마. 그런 게 한둘이냐? 지금 당장 뉴스만 틀어봐도 사건 사고만 터지는 게 이 나라야, 자식아. 뭔데! 늙은 놈 그만 괴

롭히고 뭔 사건인지 말해봐!"

"알았어요. 제 생각엔 강도준 의원 살해 사건이 아닐까 싶어요."

"뭐? 얼마 전에 있었던 그 사건 말이야? 에이, 아무리 그래도 설마 인신매매를 하던 놈들이 나 잡아달라고 시위하는 것도 아니고 국회의원을 건드렸겠어?"

"그래서 제가 말 안 한다고 했잖아요……."

"알았어, 미안해. 내가 잘못했다."

"뭘 또, 사과까지 하고 그러세요. 괜찮아요."

"짜식. 근데 대체 왜 그런 생각을 한 거야?"

"강혁범이 했던 말이 자꾸 걸려서 그랬어요."

"무슨 말?"

"운송책이란 자가 배 안에서 누군가를 고문하고 있었다는 거요."

"그게 강 의원이랑 무슨 상관이야."

"운송책이 고문을 했던 부위는 목과 복부, 즉 살해당한 강 의원이 흉기에 찔린 곳과 일치해요. 단순한 우연이라고 치기엔 너무 유사한 점이 많아요."

"그건 너도 알다시피 칼이 들어가면 치사율이 높은 곳들이잖아. 더군다나 강 의원은 자택 근처에서 살해당했어."

"어쩌면 그렇게 꾸며진 걸 수도 있죠."

"어이, 최승민 씨. 너무 많이 간 것 같은데?"

"그러네요. 어차피 저희 손을 떠난 사건인데, 이쯤 하죠. 유 형사님은 좀 어때요?"

"근육 파열에 인대까지 늘어났으니 몇 달은 푹 쉬셔야지, 뭐."

"별거 아니라더니, 뭐 그리 심하게 다친 거예요?"

"낸들 아냐? 의사가 그렇다면 그런 거지. 아니, 이럴 거면 그냥 서에 박혀 있지 필리핀 조직 수사하다 말고 왜 처와서 다치고 난리야."

"형사님도 모르셨던 거예요?"

"알았으면 그러게 놔뒀겠냐? 젠장, 야산에서 도주로를 지키지 말고 내가 수송 차량을 호위할 걸 그랬어. 김 형사 그 자식은 잠복 내내 뭘 그리 좋알대던지… 귀가 다 따갑더라."

"말은 그렇게 해도 맨날 같이 다니시잖아요."

"파트너잖아. 별수 있냐."

"아니, 형사님께서 팀장이신데 바꾸면 되죠."

"그놈을 나 아니면 또 누가 감당하겠냐?"

"그건 그래요."

"그나저나 담당 검사인 너는 좀 알고 있을까 싶었는데… 이렇게 허무하게 사건을 뺏기는 건가."

"저희 수사관이랑 똑같은 말씀을 하시네요."

"니가 이상한 거야, 자식아."

"그럼 같은 말을 해드려야겠네요."

"뭔데?"

"다 끝난 사건이잖아요. 마무리나 잘하죠."

"하여간 애늙은이가 따로 없다니까. 그래, 마무리나 잘합시다. 조만간 사건 넘길 테니까, 잘 꾸며서 공판부에 넘기나 해."

"예, 어제 하루 종일 고생 많으셨어요."

"이러려고 형사 된 건데, 고생은 무슨. 이제 검찰청으로 갈 거지?"

"아뇨. 법원에 들를 일이 있어서요."

"그게 그 말이잖아. 바로 옆에 붙어 있으면서 무슨."

"제가 말씀을 잘못 드렸네요."

"응? 남부 지방법원 가려던 게 아니야?"

"예, 고등법원이요."

"직접 맡은 사건이라도 있는 거야?"

"아뇨, 중앙지검에서 일할 때 이쪽으로 넘어오면서 제 사건을 선배한테 떠넘기게 됐거든요. 죄송해서 찾아뵙고 인사라도 드리려구요."

"그런 일이라면 당연히 가봐야지."

그렇게 말하는 것치고는 꽤나 난처해 보이시는데…….

"근데, 부담스럽게 왜 그런 표정으로 말씀하세요?"

"아니, 난 당연히 니가 남부지검으로 갈 줄 알고 김 형사 자식 차를 얻어 타고 왔거든."

"그럼 그냥 말씀을 하시죠. 거기까지 얼마나 걸린다고요. 타세요, 가는 길에 태워다 드릴게요."

"아냐, 오랜만에 버스나 타보지 뭐."

"괜찮다니까요."

"나야말로 괜찮다. 나 태워다 줄 시간에 그 선배한테 밥이라도 한 끼 대접해."

하여간… 못 당하겠다니까.

"예, 그럼 가보겠습니다."

손을 흔들며 멀어져 가는 형사님의 뒷모습을 바라보며 천천히 차에 올랐다.

* * *

"임 선배."

"이게 누꼬?"

여전히 넥타이가 불편한지, 재판장에서 나서자마자 인상을 찌푸린 채 넥타이부터 풀어젖히던 임 선배가 환하게 웃으며 내게 다가왔다.

"그렇게 한번 오랄 땐 코빼기도 안 비추더니 최 검사님께서 여까지 웬일이십니까?"

"잘 지내셨어요? 선배."

"나야 뭐, 별일 있겠나? 근데 니도 양심은 있는 모양이다. 잘나신 분이 이까지 다 오고."

"에이, 저 때문에 맡게 된 사건인데 당연히 와봐야죠. 그리고 승소 축하드려요."

"됐다. 당연히 이길 싸움 가꼬 민망하게 와 그라노… 그라고 이제 니 사기당한 돈도 다시 돌려받을 텐데, 축하는 내가 해줘야 맞지 않겠나?"

오랜만에 봐도 하나도 안 변했구만.

"그런 의미에서 밥이라도 한 끼 대접하려고 하는데, 식사는 하셨어요?"

"인마. 시간이 몇 신데, 안 했겠나? 치아라. 식사는 무슨 식사고. 이따 끝나고 오랜만에 둘이서 술이나 한잔 빨자."

"예, 그래요. 저도 오랜만에 술이 땡겼는데, 잘됐네요."

"왜? 뭔 일 있는 기가? 뭔데? 말해봐라."

"아니에요. 그냥 골치 아픈 사건을 해결하고 나니까 기분이 묘해서 그래요."

"이번에 그 인신매매 사건 말하는 기가?"

"선배가 그건 어떻게 아셨어요?"

"뭘 어떻게 아나. 지민이 고 기집애가 빨빨대면서 와 가꼬는

'선배~ 선배~' 하문서 말해주더만."

하여간 우리 홍다나 씨. 입이 가벼운 건 알아줘야 한다니까…….

"홍다나? 아무튼 그 아가씨 말로는 고생깨나 하고 있다던데. 그래도 용케 해결은 했어, 응?"

"그랬죠. 그래도 다나 씨가 도와줘서 선배 말씀대로 잘 해결됐어요."

"그라문 어떻게 된 사건인지 쪼매 들어나 보까. 오랜만에 여까지 왔는데, 사무실 식구들이나 한번 만나고 가라."

"예, 대건 씨나 윤정 씨 소식도 궁금했는데 그러죠."

"지민이 들으문 섭하겠다. 그라도 지 선배라꼬 이번 사건 걱정 많이 했어, 인마."

"당연히 제 첫 후배인데 안 궁금할 리가 있나요."

"그런 놈이 걸음이 왜 그 모양이고. 후딱 와라."

이렇게 직접 만나고 보니 그의 빈자리가 더욱 크게만 느껴진다. 어쩌면 어제오늘 겪은 일 때문에 더욱더 그렇게 느끼는 걸지도 모르겠다.

*　*　*

하아… 정신이 하나도 없네… 하여간 임 선배나 이 수사관이나 술들은 뭐 그리 잘 마시는지. 하 수사관님이 중간에서 잘 중재하지 않았다면 지금도 침대에서 뻗어 있었을 게 분명했다.

"뭐, 오랜만에 반가운 얼굴들을 만나서 기쁘긴 한데 어머니께 뭐라고 변명을 해야 하나……."

—지이잉 —지이잉

하여간 어머니도 참…….

"여보세요?"

—어, 아들. 어디야?

"거의 다 도착했어요."

—정말?

"그럼요. 엄마, 아들을 못 믿으시면 어떡해요."

—아니, 한참 전에 출발했다더니 아직도 안 오니까 그렇지.

"금방 목장 들러서 아빠 모시고 갈 테니까 편히 기다리고 계세요."

—그래. 운전 조심해서 와.

"예, 들어가세요."

참, 오랜만이네. 이곳도 참 많이 변했어. 불과 몇 년 전만 해도 죄다 논밭이었는데. 어느새 울퉁불퉁했던 논길은 아스팔트로 깔끔하게 정돈되어 있었고, 길 한편엔 아파트 단지까지 떡하니 들어서 있었다.

"가만 보자… 저기 슈퍼가 있는 곳이 우리 땅이었나?"

단지 내에 조성되어 있는 상가들이 있던 곳이었으니, 내 기억이 맞다면 저곳이 분명했다.

"나이 먹고 나서 저 땅 때문에 아버지 원망 많이 했었는데, 이젠 별 감흥도 없구만. 이래서 사람은 돈이 있고 봐야 되는 건가……."

이젠 머나먼 과거가 되어버린 미래를 회상하며 차를 몰다 보니, 언제나 마음에 위안을 주는 목장이 눈에 들어왔다.

응? 항상 방 안에서 TV를 보시던 아버지께서 웬일로 밖에 나와 계시지?

"아버지, 저 왔어요. 근데 편하게 안에서 쉬고 계시지. 왜 밖에 나와 계세요?"

"니 엄마가 너 오는데 방구석에 처박혀서 뭐 하냐고 닦달을 해대는 통에 나온 거지 뭘. 하여간 그 여편네도……."

그렇게 말씀하시면서도 아버지의 입가엔 미소가 어려 있었다.

"엄마야 늘 그렇죠, 뭐."

"그래도 니 엄마한테 잘해, 인석아. 이 세상에서 니 엄마보다 널 위하는 사람도 없어."

"예, 알아요. 언제나 감사해하고 있는걸요."

"그래, 니가 그리 생각해 준다니 고맙구나. 그럼 어여 가보

자. 또 니 엄마한테 전화 올라."

"예, 얼른 타세요."

아버지를 모시고 집으로 가는 길에 문뜩 궁금증이 들었다.

"근데 아파트엔 왜 안 들어가셨어요?"

"사람 많은 거 니 엄마나 나나 싫어해서지 뭘……."

과거엔 어머니께서 아파트로 가자고 했던 것 같은데, 설마 나를 배려해 준 건가? 아무렴 어떨까. 그저 추억이 남아 있는 장소가 사라지지 않은 걸로 족했다.

"어이구~ 내 새끼 왔쪄?"

아이고… 어머니도 참. 제 나이가 몇인데…….

"엄마……."

"왜?"

"아니에요……."

"아니긴 뭐가 아냐? 말해봐?"

"뭐긴 뭐야, 이 여편네야. 다 큰 아들 엉덩이를 두들겨 대니까 승민이가 민망해서 그러는 거지."

"뭐라고요?!"

어느새 거실로 들어선 아버지를 좇아 어머니께선 쏜살같이 안으로 들어가 버리셨다.

이제야 고향에 온 기분이 좀 드네.

"그래, 할 말이 있어서 왔다더니 무슨 일 때문에 그러는 거냐?"

"이 양반은 참… 밥 먹은 지 몇 분이나 됐다고. 승민이 체하겠어요."

"이놈이 웬만한 일 가지고 우리한테 그런 말을 꺼냈겠어. 그리고 저놈 오기 전엔 한숨도 못 잔 여편네가 이제 와서 무슨……."

"내가 또 뭘 한숨도 못 자요? 잠만 잘 잤구만……."

이런, 그냥 처음부터 말씀을 드릴 걸 그랬나……? 어찌 보면 별것도 아닌 일로 두 분께 심려를 끼치게 됐구만.

"진정하세요. 안 좋은 일 때문에 온 거 아니에요."

"그럼 뭐야? 설마……."

"엄마, 결혼할 여자가 있다는 건 더더욱 아니에요……."

혹시나 하며 반색을 하던 어머니의 얼굴엔 실망이 가득했다.

"그럼 뭐 때문에 온 게야?"

"아버지께 부탁드릴 일이 좀 있어서요."

"흐음… 내가 해줄 수 있는 거라면 당연히 해주겠지만 뭔 일인지 일단 들어는 봐야겠구나."

"그게 실은 재단을 하나 만들려고 하는데……."

"제단? 승민이 너 지금 무당이나 뭐 그런 걸 말하는 건 아니지?"

"당연히 아니죠."

"휴우… 어디 요상한 종교에 빠졌는 줄 알고 깜짝 놀랐잖아! 이놈아!"

"이 여편네가 오늘따라 정말 왜 이리 주책이야? 아들을 그렇게 못 믿어?"

"혹시나 했죠! 당신도 저번에 봤잖아요. 그 무슨 이상한 사이비 종교에 가입했다는 사람들 죄다 멀쩡하더만……."

"그런 거 아니니까 염려 마세요."

"승민아, 이 애빈 그게 더 염려가 되는구나. 대체 돈이 어디 있어서 갑자기 재단을 만든다는 게야?"

"그러니까… 실은……."

난 차분히 주식으로 돈을 번 일부터, 얼마 전 후원금을 사기당했었던 일까지 부모님께 설명을 해드렸다.

"허허… 니가 예전에 주식으로 돈을 만져서 고민이랄 때 재능이 있는 줄은 알았지만, 설마 이 정도일 줄은 꿈에도 몰랐구나."

"죄송해요. 두 분껜 말씀드렸어야 했는데……."

"괜찮아. 너 나름대로 말하지 못할 사정이 있었겠지."

"돈 많아서 나쁠 것 없어. 죄송하긴 뭘 죄송해."

"이해해 주셔서 감사합니다."

"그 사기당한 돈은 다시 돌려받을 수 있다고?"

"예, 아빠. 그건 잘 해결됐어요."

"다행이구나. 근데 승민아. 난 네가 나한테 부탁할 게 뭔지 모르겠구나."

"그게, 실은 아버지 명의를 좀 빌리고 싶어요."

"내 명의를?"

"예, 아무래도 재단 설립을 하면 자금이 부족하니 후원을 받아야 할 텐데 어린 제가 대표라고 하면 후원자들이 신뢰를 못 할 것 같아서요."

"허허… 그렇긴 하겠다만, 시골에서 평생 농사만 짓던 내가 대표라고 해도 별반 다르지 않을 것 같구나."

"그 점은 걱정하시지 않으셔도 돼요. 어차피 저도 이쪽엔 문외한이라, 전문가를 섭외해서 재단의 전반적인 관리는 그쪽에다 맡기려고 하거든요."

"홧김에 무작정 뛰어드는 줄 알았더니 승민이, 니가 아주 마음을 단단히 먹은 모양이로구나… 그래, 나쁜 일도 아니고 사회를 위해서 헌신을 한다는데 아비로서 그 정도 못 도와줄까."

"감사해요. 아버지."

"뭘, 나야말로 해준 것도 없는데 이렇게 잘 자라줘서 고맙구나."

그렇게 재단의 이야기를 마치고 잠시 부모님과 그동안 못 나눴던 대화를 하다 보니, 어느새 어두워진 밤하늘엔 달이 떠올라 있었다.

"시간이 벌써 이렇게 됐네요. 그럼 전 슬슬 올라가 볼게요."

"가려구? 그러지 말고 그냥 자고 가라니까."

자리에서 일어나자 어머니께서 아쉬워하며 내 팔을 잡아왔다.

"죄송해요. 엄마, 내일 일이 좀 있어서, 오늘은 이만 올라가 봐야 될 것 같아요."

"무슨 주말까지 일이니? 어이구… 이젠 아들 얼굴도 맘대로 못 보네."

"자주 내려올 테니까 너무 섭섭해하지 마세요."

"맨날 말만… 저번에도 그래놓고 이게 얼마만이니?"

"걔가 내려오고 싶지 않아서 안 내려온 거야? 일이 바쁘니까 그런 거지."

"이 양반도 참! 아무리 그래도 얼마나 걸린다고, 부모 얼굴 한번 보러 못 와요?!"

"엄마, 다음 달에 한 번 더 내려올 테니까 그만 진정하세요."

"약속한 거야?"

"예, 알았어요."

"그래. 그리고 술 좀 적당히 마셔, 이놈아."

언제 그 이야기가 나올까 했는데.

"그럴게요……."

"그럼 어여 올라가 봐."

"예, 두 분 다 건강하세요."

"우린 알아서 잘 하니까, 걱정 말고 니 몸이나 잘 챙겨."

"그래, 엄마 말대로 괜히 혼자 산다고 굶지 말고 밥 꼭 챙겨 먹고."

"예. 그럼 올라가 볼 테니, 괜히 힘들게 나오지 마세요."

*　　　*　　　*

—집에 다녀온다더니, 잘 다녀온 거야?

"응, 오랜만에 집 밥도 먹고 좋았지 뭐."

—저번에 중국 보내 드렸던 건 뭐라셔? 기뻐하셔?

"재밌게 잘 놀다 오셨대."

—그래……?

뜸을 들이는 걸 보면, 예슬이가 정말 궁금한 건 따로 있나 보다.

"왜 그래?"

—아니, 내가 드리라고 한 건 잘 쓰셨나 해서…….

"아, 덕분에 여행 편하게 하셨다더라."

—다행이다. 짐만 되면 어쩌나 했는데. 혹시 나 좋으라고 빈 말하는 거 아니지?

"야, 해외여행 처음이신 분들이야. 소화제 같은 필수품들을 받고 싫어하셨겠냐?"

—그럼 그런 거지, 왜 화를 내고 그래?

"화를 내긴, 아쉬워서 그런 거지. 니가 보내 드렸다고 말씀 드리면 이참에 점수도 따고 얼마나 좋냐?"

—너의 어머니가 나 싫어하시잖아…….

별거 아니라고 그렇게 말을 했는데, 아직도 고등학교 때 어머니께서 맹랑하다고 했던 게 마음에 걸리는 모양이네.

"그래서, 나중에 만나뵐 일 있어도 이럴 거야?"

—그건 아닌데…….

다른 일엔 당찬 녀석이 부담이 많이 되는지 어머니만 관련되면 자꾸만 빼려고만 한다.

"에휴, 또 뭘 그리 풀이 죽어 계셔."

—괜히 나 때문에 미안해서.

"뭘 또 미안해. 괜찮아."

사실 내가 강하게 나선다면 분명 예슬이 성격상 거절하지 못했을 테니, 따지고 보면 정말 미안해해야 할 사람은 나였다.

그럼에도 그럴 수 없는 건, 이미 결혼을 해봤기에 쉽게 결정을 내릴 수 없었기 때문이었다.

아니, 법문사를 나서며 미래에 대한 미련을 놓아주자 해놓고 아직도 놓아주질 못하고 있으니 그것도 그저 핑계겠지.

하긴 미련이라는 게 버린다고 쉽게 버려진다면 그게 미련이겠냐만은 예슬이를 위해서도, 또 나를 위해서도 조만간 결심을 하긴 해야겠지.

—그래도…….

내 속마음도 모른 채, 미안해하며 말을 머뭇거리는 예슬의 목소리를 듣자 죄책감이 밀려온다.

"됐대도. 그 얘긴 나중에 다시 하자."

—응… 근데 끊으려고 하는 걸 보니 다 도착했나 봐?

도착하려면 5분 정도 더 걸리는 거리였지만, 예슬의 말에 맞장구를 쳤다.

"어, 니 말대로 다 왔어."

—치. 겨우 사건 끝나서 이번 주엔 만나나 했더니…….

"그러게. 요새 일이 왜 이렇게 많은지 모르겠어. 다음 주엔 진짜로 영덕 가서 밤바다나 보면서 니가 좋아하는 대게나 먹자."

—됐네요. 서울에서도 못 보는데 영덕은 무슨!

"이번엔 진짜라니까……."

—알았어. 알았으니까, 일이나 보세요.

“그래, 이따 또 전화할게.”

—응, 이따 봐.

*　　　*　　　*

누나 성격에 늦을 리는 없는데? 이런… 사람을 만나기로 해 놓고, 다른 곳에 정신이 팔려 있으시네.

“영선이 누나.”

“아! 깜짝 놀랐네… 갑자기 어깨에 손을 올리면 어떡해?”

“오랜만에 만나는 건데 관심도 없는 것 같아 서운해서 그랬어요.”

무안한지 혀를 살짝 내민 누나가 보던 책을 가방에 넣으며 말했다.

“미안. 재미있는 부분이어서 끊기가 조금 그랬어. 어떻게 잘 지냈어?”

“예, 누나는요?”

“나도 잘 지냈지. 근데 승민이, 너 저번 달에 만나자고 하더니 참 빨리도 연락한다?”

“죄송해요. 갑자기 남부지검으로 발령받는 바람에 정신이 하나도 없어서 이제야 연락을 드리게 됐어요.”

"흐응, 그랬구나. 힘들었을 텐데, 이제 적응은 좀 된 거야?"

"예, 그러니 이렇게 누나한테 연락도 했죠."

"잘됐네. 아, 염성훈 씨가 고맙다고 전해달라고 하더라."

"예, 저번에 통화했었어요. 그리고 제가 뭐 한 게 있나요. 선배가 해결한 건데요."

"궁금한 게 있는데 왜 직접 사건을 맡지 않았던 거야? 니 실력이면 충분히 승소했을 거 같은데?"

"성훈 씨가 말씀 안 했나 보네요."

"응? 뭘?"

"사실 저도 그 사건 피해자예요."

"뭐? 정말이야?"

"예, 이번 내부 고발 사건, 사실 기부 단체 내 비리에 관련된 거였거든요."

"그 말은 너도 그곳에 후원을 했다는 말이네."

"예."

"조심하지 그랬어. 이번엔 인생 공부했다 치고, 다음부턴 잘 알아보고 해."

"이쪽에서 가장 유명한 OO재단마저 기부금을 빼돌리는데, 제가 더 어떻게 알아봐야 될지 모르겠네요."

"설마, 이번에 횡령 사건으로 뉴스에 나온 OO재단? 들으면서 혹시나 했는데… 거기였어?"

대답 대신 고개를 끄떡이며 쓴웃음을 짓자, 더 이상 말하고 싶지 않다는 분위기를 읽은 듯 그녀가 말을 돌렸다.

"그래. 부탁할 일이 있다고?"

"예, 누나."

"뭔데? 한 달이 넘게 듣지 못한 부탁이 대체 뭔지 말 좀 해 봐."

"재단을 설립하려고 하는데, 전문가가 필요해서요."

"어? 재단?"

"예, 누나가 지금 들으신 그대로예요. 국선 변호사로 일하시는 누나라면 아무래도 그쪽과도 많이 부딪칠 것 같은데 괜찮은 사람이 있으면 추천 좀 해주셨으면 해요."

"갑자기 무슨 재단이야? 너 미쳤어?"

"미치긴요. 이제 초임 검사 주제에 제가 돈이 어디 있어서, OO재단에 기부를 했겠어요. 다 아버지께서 부탁하신 일이었어요. 그러다 이번에 일이 터지시니 못마땅하신지 직접 하시려는 모양이세요."

"헐… 연수원 다닐 때, 그렇게 얻어만 먹고 다니더니… 이보세요. 최승민 씨 찔리지 않으세요?"

"제가 돈이 많나요, 아버지께서 많은 거지. 그리고 사실 전 사달라고 한 적 없거든요? 누나들이 하도 귀찮게 사준다고 해서 어쩔 수 없이 먹어준 거죠."

"얘 좀 봐… 얘가 아주 못 하는 말이 없네. 너 수영이가 이 사실을 알면 가만있을 거 같애?"

"그래서 이렇게 입막음용으로 스테이크를 사드리는 거 아니겠어요?"

"그것 참 더럽게 고맙네. 우리 막냉이는 어쩜 하나도 안 변했을까."

"안 드신다는 말씀은 없으신 걸 보면, 계약은 성립한 걸로 알겠습니다."

"그래, 마음대로 해. 지금 그게 중요하겠니. 재단이라… 쉽지 않으실 텐데. 내가 이런 말을 하긴 좀 그렇지만, 아버님께 다시 한 번 고려해 보시는 건 어떠냐고 여쭙는 게 낫지 않을까?"

"그러실 분이였으면 누나한테 이런 부탁을 하지도 않았을걸요. 도움을 받아야 할 사람들에게 갈 돈으로 장난을 친 게 많이 불쾌하셨던 모양이에요."

"그래… 그럼 내가 한번 알아볼게. 그런데 나보단 염성훈 씨가 더 알지 않을까?"

"그분께도 말해뒀어요. 누나한텐 부탁드릴 일이 하나 더 있어서 이렇게 따로 찾아뵌 거예요."

"아니지? 승민아… 내가 생각하는 그건?"

"왜 아니겠어요? 역시 연수원 TOP 3의 실력이라 그런가, 눈치가 남다르시네요."

"너어… 내가 연수원에 있을 때부터 그렇게 웃지 말라고 했지!"

"그건 누나 하시기 나름이죠. 제 부탁 들어줄 거죠?"

"널리고 널린 게 변호사고만, 왜 하필 난데?!"

"그중에서 실력이 최고니까요. 그리고 제가 믿는 몇 안 되는 사람 중 한 분이니까요."

"치사하게 그렇게 말하면 내가 어떻게 거절을 하니… 마음대로 해. 단, 페이는 확실히 받을 거야?"

"당연하죠. 그건 염려 마세요. 그럼 아버지 일 잘 부탁드립니다. 주영선 고문 변호사님."

"철부지 도련님과는 상대 안 하니, 아버지나 모시고 오세요."

"잘됐네요. 지금 모시고 올까요?"

"됐어. 하여간 무슨 농담을 못 한다니까."

재단에 대한 이야기가 끝나자, 누나와 난 식사를 하며 지난 과거의 일들을 떠들기 시작했다.

"하아… 설마, 내가 연수원 때부터 걱정하던 막냉이가 실은 부잣집 아들내미였다니 참 인생 웃겨."

"제 걱정을 했다고요? 연수원 내내 수영이 누나랑 같이 놀리기만 하신 분께서 할 말은 아닌 것 같은데요?"

"수영이한테 물어봐. 아니면 문준 오빠한테 물어보든가."
"흐음… 그럼 거짓말은 아닌 것 같은데, 저 빼고 세 분이서 무슨 이야기를 나눈 거예요?"
"니가 군대에 가서 자리에 없었던 거뿐이지, 뒷담화한 거 아니니까 그만 째려보시지?"
"자요. 그럼 이제 말씀해 보세요. 왜 저를 걱정하셨는데요?"
"왜긴 왜겠어. 검사가 되면 적응 못 할 것 같아서 그랬지."
"제가요?"
"응."
"왜 그렇게 생각하셨는데요?"
"니가 워낙 확고해서 다들 말은 안 했지만, 사실 우린 판사 쪽이 더 어울린다고 생각했었거든."
"오히려 전 판사를 하고 있는 제가 더 상상이 안 가는데요?"
"너만 그렇게 생각했거든요. 항상 판례 토론 때 중도를 지키거나, 의견을 조율하던 니가 검사를 한다는 게 우린 더 상상이 안 갔어. 오죽하면 내가 다 걱정했을라고."
"그러게, 그런 걱정은 왜 하고 그러세요."
"미안하게 됐네요. 지금 하는 걸 보면 괜한 걱정을 한 것 같긴 해. 하긴 어차피 잘려도 먹고 살 걱정 없는 도련님이시지?"

"그런 말씀 마세요. 잘렸다간 당장에라도 아버지께서 호적에서 파실걸요."

내 말에 뭐가 그리 웃긴지, 누난 식기를 든 채 한참을 웃은 뒤에야 말을 이었다.

"수영이가 알면 분해하겠어."

"수영이 누나가 왜요?"

"왜긴 왜겠어. 그 지지배, 평생 소원이 재벌가 마나님이시니 그렇지. 니가 돈 많은 걸 알면 당장에라도 뛰쳐 올걸?"

'에이, 설마?' 하는 생각을 하면서도 그 누나라면 충분히 가능할 것도 같다.

"수영이 누나한텐 당분간 비밀로 해주세요."

"언제까지?"

"글쎄요. 그건 저보다 누나가 더 잘 알고 계실 것 같은데요?"

"뭐야? 평생이란 소리네."

"그것도 나쁘진 않네요. 식기 전에 얼른 드세요. 그러다 식으면 맛없어요."

"그래, 너도 얼른 먹어."

식사를 마치고, 레스토랑 문을 나서던 누나가 나를 보며 갑자기 미소를 지었다.

"왜요? 제 얼굴에 뭐 묻었어요?"

"아니, 그냥 기뻐서."

"뭐가요?"

"너도 그렇고 다들 잘 지내는 게."

"그 고생들을 했는데, 잘 지내야죠. 근데 다들 요샌 뭐 해요?"

"뭐야? 여태껏 연락 한 번 안 한 거야?"

"올 초에 연락하긴 했는데, 바쁘다 보니 할 시간이 없었어요."

"에이, 아무리 바빠도 그렇지. 지내온 정이 있는데 그건 너무했다."

틀린 말이 아니었기에 실망이라는 듯 눈을 흘기는 누나의 시선을 피하며 나도 모르게 변명을 늘어놓고 말았다.

"저랑 조금 입장이 다르잖아요. 다들 이제 3년 차를 넘어서는 거고, 저는 군대를 다녀와서 이제 시작인데요."

"하긴 그렇긴 하네. 나도 초임 땐 정신이 없었긴 했어."

"이해해 주셔서 감사해요."

"그래도 이제라도 연락은 꼭 해. 말들은 안 해도 서운해할걸."

"알았어요. 그래서 어떻게들 지내요?"

"직접 전화해 보래두?"

"누나……."

"알았어. 문준이 오빤 요새 영장 담당이라 정신없고, 수영이야 뭐… 말 안 해도 알지?"

"그 누난 술 좀 그만 마시라고 해요. 평소엔 연락도 없다가 술만 마시면 그냥, 막냉아~ 누나야~ 하면서 아휴……."

"호호, 그래도 넌 나은 거야."

"왜요? 그렇게 말하시는 걸 보면 뭔가 있나 봐요?"

"난 아니고 문준이 오빠가 당했지 뭐."

"문준이 형이요?"

"응, 아까 영장 담당 하느라 정신없다고 했잖아."

"예. 왜 말씀을 하다 혼자 웃으세요. 궁금하게."

"미안. 아무튼 오빠한테 상사인 척 전화를 걸어가지고는, 춘천지검장한테 연락이 와서 영장 발부 신청한 지 한 달이 지났는데도 소식이 없다고 하는데 일 처리를 어떻게 하는 거냐고 한 거 있지? 그 덕에 오빠 뭣도 모르고 죄송하단 말만 반복하면서 수영이한테 한참을 쩔쩔맸다더라."

"하여간, 수영이 누나 장난기는 알아줘야 한다니까요. 형이 고생깨나 했겠네요."

"안 그래도 저번에 연락 와서 수영이 때문에 미치겠다고 하더라."

"하하… 근데, 수영이 누나 목소리도 눈치 못 챌 정도면 정말 형이 바쁘긴 한가 봐요."

“응. 인원은 없는데 사건은 쏟아지니 그럴 만도 하지. 검사인 니가 제일 잘 알 거 아냐?”

“예, 사건 터지면 수색영장에, 체포영장에 뭐 그리 많은지. 사실 저도 매번 쓸 때마다 곤욕이에요.”

“하여간 검사나 판사나 인원을 왜 이리 적게 뽑는지 모르겠다니까.”

“그러게 말이에요. 근데 문준이 형은 아직도 춘천에서 근무하시나 봐요?”

“응, 내년에 이동할지도 모르겠다고는 하는데 그건 가봐야 아는 거고. 근데 진규는 안 궁금한가 봐?”

“진규 형이야 뭐, 뻔하죠. 저도 군법무관 생활 해봤잖아요.”

“그런가? 아무튼 오랜만에 만나니까 좋다, 야. 시간만 있었으면 좋았을 텐데.”

“무슨 약속이라도 있나 봐요?”

“응, 누구 덕분에 없던 약속을 만들어야 해서.”

“설마, 저 때문인 거예요?”

“아니면 누구겠니. 아버님께서 올해 말까지는 꼭 재단을 설립하시고 싶다고 하셨으니, 적격인 사람을 알아보려면 부지런히 움직여야 하지 않겠어?”

“그렇게 무리하시지 않으셔도 되는데…….”

"됐네요."

"알겠어요. 그럼 잘 부탁드려요."

"그래. 그럼 다음에 보자."

2장

뜻밖의 재회

레스토랑에서 영선이 누나와 만나고 난 지도 벌써 두 달이 흘렀다. 그사이 난 염성훈 씨와 누나의 도움으로 무사히 재단의 임원진을 꾸릴 수 있게 됐다. 그리고 오늘이 바로 그 결실을 맺을 날이었다.

"그럼, 앞으로 잘 부탁드립니다."

"아닙니다, 이사장님. 저야말로 앞으로 잘 부탁드리겠습니다."

영선이 누나의 추천으로 상임 이사를 맡게 된 유성필 씨와 인사치레를 하시던 아버지께서 나를 가리키며 말씀하셨다.

"허허허. 아, 그리고 상임 이사님께선 말씀드렸다시피 재단 운영에 대한 전반적인 상의는 이 녀석과 해주셨으면 합니다."

"예, 알겠습니다. 헌데 벌써부터 경영을 가르치시다니 대단하십니다."

"나이도 차가니, 슬슬 알아가야 하지 않겠습니까?"

"그럼요, 지당하신 말씀이십니다."

고개를 끄덕이며 아버지께 맞장구를 치던 푸근한 인상의 상임 이사가 내게 손을 내밀어왔다.

"잘 부탁드립니다."

"예, 아직 부족한 점이 많으니, 상임 이사님께서 많이 도와주셨으면 합니다."

"당연하지요. 그러려고 제가 있는 거 아니겠습니까? 그럼, 앞으로 '참 세상 만들기 재단'의 발전을 위해 서로 더 노력하죠."

"예, 말씀대로 우리 서로 노력해 보죠."

참 세상 만들기 재단……. 줄여서 'CSM' 재단. 이 이름이 채택되기까지 많은 우여곡절이 있었다. 재단명만은 내 이름으로 하자는 어머니의 고집에 영선이 누나와 머리를 싸맨 끝에 겨우 생각해 낸 것이 '참 세상 만들기'였으니 말이다.

방금 전 나와의 짧은 인사를 마치고 다시 아버지와 말씀을 나누고 있는 상임 이사의 입가에 스치고 간 미소만 봐도, 내 이름을 아는 사람이라면 단번에 알아차리지 않을까 싶다.

뭐, 재단 설립일마저 내 생일인 마당에 무슨 말이 더 필요할까…….

"참 세상 만들기 재단의 무궁한 발전을 위하여!"

슬슬 끝인가.

"위하여!"

아버지의 선창에 따라, 강서구의 위치한 빌딩에 모인 주요 임원진들이 일제히 '위하여'를 외치는 것으로 조촐한 설립식은 끝이 났다.

그건, 나에겐 참으로 다사다난했던 2009년 한 해가 저물어 간다는 뜻이기도 했다.

* * *

벌써 2010년인가. 어찌 보면 그저 달력 한 장이 넘어가는 것에 불과한 일이었지만, 그 며칠 사이에 많은 것들이 바뀌었다.

그만큼, 그 사건들의 임팩트가 크다는 말이겠지.

"안녕하세요. 선배!"

뭐, 그로 인해 이 녀석과 이렇게 아침부터 얼굴을 맞댈 수 있는 거긴 하지만.

"그래, 근데 긴장할 것 같다더니 표정을 보니까 전혀 아닌데?"

“저 혼자였으면 그랬을지도 모르겠지만, 선배도 계시는걸요.”

“이거 팀제로 바뀐 출근 첫날부터 부담이 팍팍 되는데?”

“죄송해요. 그런 뜻으로 말씀드린 건 아닌데…….”

“야, 윤지민. 지금 너 입이랑 표정이랑 따로 놀거든?”

“티 났어요?”

“그렇게 입꼬리가 실룩거리는데, 티 안 나게 생겼냐?”

“으응~ 티 났구나.”

“뭐, 뭐?”

“선배. 이러다 첫날부터 지각하겠어요. 얼른 가죠.”

하아… 어젯밤엔 긴장돼서 잠도 안 온다던 애가 맞나 싶네. 이럴 거면 뭐 하러 같이 출근하자고 했던 거야?

“선배! 늦는다니까요!”

“알았어.”

나를 재촉하며 앞장서 걷던 지민은 목적지에 도착했는지 발걸음을 멈춰 섰다.

“선배.”

“뭐 해? 들어가지 않고?”

아무래도 우리 둘의 이름 위에 걸린 팀장 곽만호라고 쓰여진 명패가 그녀를 망설이게 만든 것 같다.

“선배시니까 당연히 저보다 먼저 들어가셔야죠.”

“하여간, 이럴 때만 선배 대접이냐?”

자기가 말해놓고도 미안한 듯 혀를 살짝 내민 그녀의 행동은 나를 어이없게 만들었다.

"알았어. 들어갈 테니까, 그만 좀 밀어."

뭐, 지민이 앞이라 내색은 안 했지만 곽 검사가 나를 좋게 여기지 않는다는 걸 알고 있는 터라 조금 긴장을 하며 문을 열었다. 그러자 의외로 반가운 얼굴이 먼저 반겨왔다.

"어라? 오늘은 평소보다 더 일찍 출근하셨네요?"

"예, 아무래도 첫날인데 지각을 할 순 없죠. 안녕하세요, 수사관님. 팀장님께선 아직 안 오신 모양입니다?"

"아뇨. 10분 전에 오셨는데, 조금 전에 팀제에 관한 회의에 참석하시러 가셨습니다."

"그래요? 아무래도 갑자기 팀제로 바뀌다 보니 상부에서도 신경이 쓰이나 보네요."

"예, 그렇겠죠. 검사님 뒤에 서 계시는 분은 누구십니까?"

"아, 죄송해요. 먼저 소개를 했어야 했는데. 이번에 팀제로 바뀌면서, 중앙지검에서 급하게 남부지검으로 발령을 오게 된 윤지민 검사예요."

"안녕하십니까. 수사관 오은서라고 합니다."

"예, 안녕하세요. 수사관님. 방금 선배께서 소개한 대로 중앙지검에서 온 윤지민입니다."

"선배요?"

수사관에겐 다른 것보다 초임이었던 내게 후배가 있었다는 게 더 놀라운 것 같다.

"예, 제가 특채로 중간에 들어오게 돼서요."

"아… 그러셨군요."

"그래서 이놈이 제 첫 후배예요. 실력은 뭐……."

"선배!"

"자식. 농담 한번 한 걸 가지고 그렇게 소리를 빽 지르냐? 너 너무하는 거 아냐?"

"대충 두 분께서 어떤 사이였는지 짐작이 가네요."

"그거 좋은 의미죠?"

"글쎄요?"

"크흠… 아무튼 서로 도우면서 잘 해보죠."

"예, 선배. 은서 씨도 앞으로 잘 부탁드려요."

"저야말로 잘 부탁드립니다."

"혜정 씨도 같이 있었으면 좋았을 텐데 조금 아쉽네요."

"그러게 말입니다."

흐음. 분명 실무관 2명, 수사관 3명, 그리고 검사 3명으로 총 8명으로 구성된 팀일 텐데. 어째 인원이 많이 비는데?

"근데 수사관님, 다른 분들은 아직 안 오신 겁니까?"

"예, 아직 도착 안 하신 분들도 있고 세 분은 팀장님께서 부탁하신 일을 처리하고 있습니다."

"그래요? 그럼 다들 곧 도착하겠군요."

"예, 다들 곧 오시겠죠. 그리고 팀장님께서 회의가 끝나시려면 2시간 정도는 걸린다고 했으니, 일단 앉아서 기다리시죠."

수사관의 말대로 속속들이 도착하는 새로운 팀원들과 인사를 대충 마치고 잠시 기다리자, 드디어 곽만호 팀장이 사무실로 들어섰다. 전에 볼 때만 해도 덥수룩하던 그의 턱은 새해라 그런지 말끔히 밀려 있었다.

그런 자신의 턱이 어색한지 곽 팀장은 말끔히 밀린 턱을 몇 차례 매만지고 나서야 입을 열었다.

"다들 반가워요. 강력 5팀 팀장을 맡게 된 곽만호라고 합니다. 저도 마찬가지지만, 이번에 갑작스레 검찰의 편제가 개편되어 다들 당황스러우실 겁니다. 그래도 이왕 이렇게 오늘부터 한 팀이 되었으니, 잘해봅시다……."

귀찮다는 듯 말을 흐리는 팀장의 모습에 잠시 정적이 흘렀지만 곧이어 박수가 터져 나왔다.

뭐, 새파란 후배 두 명과 함께 일을 하게 됐으니 내가 그의 입장이었더라도 탐탁지 않았겠지만 그래도 이건 너무 티를 내시네.

그런 내 속마음을 읽은 것처럼, 자리에 앉던 곽 팀장이 나를 바라보며 말했다.

"어이, 최 검사."

"예, 팀장님."

"언제나 예의 주시하고 있으니까, 행동 조심해."

"명심하겠습니다."

"그래, 그럼 슬슬 일들 시작합시다."

단둘이 있을 때도 아니고, 공개적인 장소에서 협박이라. 이거, 이제 보니 대놓고 견제를 하려는 인사 개편인가……. 어쩨 지민이가 이쪽으로 배정을 받나 했더니, 혹시나 있을 방패막이도 없애려는 거였나?

이거야 원, 이제부턴 정말 쉽지 않겠어.

"선배……."

"응? 왜 말을 해놓고 가만히 있으면 내가 어떡하냐?"

"그게… 그 일 때문에 팀장님께서 그리 말한 거죠?"

"다 알면서 마음 아프게 꼭 그렇게 물어봐야겠어?"

"죄송해요."

"아냐, 괜찮아. 달라질 것도 없는데 뭐."

"솔직히 선배가 잘못한 게 뭔지 모르겠어요. 자기들이 죄를 지어놓고 적반하장도 유분수지."

"됐어. 그 얘긴 그만하자."

"그래도……."

"정말 나 속 터지는 거 보고 싶어?"

"알겠어요."

"중앙지검엔 별일 없는 거야? 혹시 임 선배한테 무슨 일 있는 건 아니지?"

"아뇨. 그냥 선배는 중앙지검에 남게 되셨어요."

"그럼, 다행이네."

"아! 맞다!"

"왜……?"

불안하게 박수까지 치고 그런 눈으로 쳐다보니…….

"이번에 검찰 개편되면서 대검 특수부 없어졌잖아요."

"어, 그랬지."

덕분에 이정철 선배님께 안부 연락까지 하게 됐으니까. 이번에 중앙지검 차장검사로 부임하신다고 하셨었나.

"근데 그게 왜?"

"실은 대검 특수부에서 맡던 사건 중 일부가 고검인 중앙지검으로 넘어왔거든요."

"그래?"

"예, 선배께서 맡으셨던 사건도 넘어왔어요."

"내가 맡았던 사건?"

뭐지? 설마?

"그 인신매매 사건이 중앙지검으로 갔다고?"

"맞아요. 그래서 선배한테 여쭙고 싶은 게 있는데, 괜찮아요?"

"다 끝난 사건 가지고 여쭙고 말고 할 게 어디 있어? 뭔데?"

"그 배 안에서 발견된 거 강 의원 손가락이죠?"

"뭐라고? 배 안에서 발견된 게 손가락이었어?"

"예, 왜 그러세요? 설마 모르셨던 거예요?"

설마… 에이, 아니겠지.

"당연하지. 놈들을 체포하고 나서 바로 사건이 넘어갔는데 아는 게 더 이상하지 않겠냐?"

"헐… 그럼 선배도 사건에 대해선 아무것도 모르시는 거예요?"

"응, 그렇다고 보면 돼. 근데 넌 그걸 어떻게 안 거야? 대검 쪽 사건이 넘어왔다고 해도 극비일 게 분명한데."

"그게 이 수사관님께서 말씀해 주셔서 알게 됐어요."

"이 수사관이라면, 내가 아는 그 이대건 수사관?"

"예, 맞아요. 형사 1부 수석검사인 조 선배님께서 나르던 박스에서 흘러나온 걸 주워주다 보게 됐대요."

사진 한 장으로 그게 내가 맡았던 사건이라고 판단을 했다는 건가… 기대를 했던 내가 바보지…….

"사건을 맡게 된 것도 아니고… 후우… 지민아… 어째 이 수사관 이름이 나올 때부터 불안하다 싶더니 결국 추측이었던 거구만. 괜히 맞을지 틀릴지도 모르는 걸로 시간 낭비하지 말자, 우리?"

"에이~ 제가 설마 선배한테 신빙성도 없는 일을 말씀드렸을라고요."

"뭔데? 그 신빙성이란 게."

"수사관님 말로는 사진이 찍힌 곳이 배 내부였대요. 선배도 아시다시피 중앙지검에서 배 내부가 찍힌 증거 사진이 나올 만한 사건은 몇 개 안 되잖아요. 더군다나 특수부가 해체된 직후라면 뻔하죠."

"선박에서 찍힌 사진이라는 거 확실한 거야?"

"예, 수사관님께선 전에 배를 탔을 때 본 적 있다면서 기관실인 것 같다고 말씀하셨어요."

젠장. 강혁범이 말한 고문 장소와 일치하잖아. 이러면 믿지 않을 수가 없는데.

"왜 그러세요? 무슨 일이신데, 그렇게 무섭게 쳐다보세요……."

"그냥 너랑 이 수사관 추측이 맞는 것 같아서 그래."

"정말요? 그럼 선배 생각도 강 의원 손가락인 것 같으세요?"

"응. 뉴스에서도 강 의원이 살해당했을 때 손이 많이 훼손됐었다고 했었으니까 지금으로선 그럴 가능성이 높지. 근데 좋은 일도 아닌데, 왜 이리 좋아해?"

"실은 임 선배님과 내기를 했었거든요."

"내기라? 뭔지 모르겠지만, 니가 이긴 것 같은데?"

"예, 임 선배님은 강 의원 손가락은 아닐 거라고 했고 저는 맞을 것 같다고 했거든요."

"야, 야. 그냥 난 그럴 것 같다고 말한 거지. 그게 강 의원 손가락인지 아닌지는 두고 봐야 아는 거 아냐?"

"그게 내기 내용이 증거 사진에 대해 최 선배는 어떤 말을 할까 하는 거라서요."

"그러세요……?"

"예!"

"그렇게 좋냐?"

"처음 이겨보는 건데 당연히 좋죠~"

임 선배도 참… 일은 안 알려주고, 애한테 좋은 거 알려주시네.

"에휴, 그래. 축하한다."

"감사합니다."

"그래서 내기 상품은 뭔데?"

"야근 때, 야식을… 어라?"

"결국 남는 게 없는 내기였구만."

"그러네요. 임 선배님께서 선배한테 알려주라고 그런 내기를 하셨나 봐요."

그럴 리가. 임 선배 성격이면 본인이 이겼으면 야식이고 나발이고 지금 당장 뭐라도 사 오라고 했을 양반인데…….

"됐어, 인마. 되도 않는 임 선배 커버는 그만 치고, 그 발견됐다는 손가락이 어떤 상태였는지나 말해봐."

"그게… 이 수사관님 말로는 상당히 부패가 진행됐다고 했었어요."

"그래? 다른 특이 사항은 없고?"

뭐야, 단순한 내 착각이었나. 차라리 맞았다면 좋았을걸.

"제가 듣기로는 그게 다예요. 궁금하시면 직접 보신 수사관님께 물어보시는 게 어떠세요?"

"이 수사관 성격에 한번 연락하면 기본 1시간은 핸드폰을 붙잡고 있어야 할 텐데… 일없다. 다나 씨한테 들은 건 없고?"

"예, 다나도 이번 사건은 전혀 모르겠다고 하더라구요."

뭔 사건이길래 그리 꽁꽁 감춰두는지…….

"그래? 더 생각했다간 골치만 아플 것 같은데, 우리 사건도 아닌데 그만 내려가기나 하자."

"예, 근데 정말 신기해요."

"뭐가 또 신기해?"

"선배랑 같은 팀에 배속된 거요. 선배는 안 그래요?"

"그다지. 어쩌면 너랑 같은 팀으로 배속될 수도 있겠다 싶었거든."

"정말요? 왜요?"

"생각을 해봐. 대대적인 검찰 내부 개편을 기획하려면, 대검이나 법무부 쪽에서 기획안을 냈을 거 아냐?"

"예, 그렇겠죠. 근데 그거랑 저랑 같은 팀이 되는 게 무슨 상관인데요?"

"위에다 잘 보이려면 지검에 각 부서별로 한 팀씩은 만들어서 운영을 하는 티를 내야 되는데, 막말로 5년 차 이하 신입 검사가 많을 리가 있겠냐고. 그러니 검찰청 사이에서 대규모 인사이동이 있을 거란 이야기를 들었을 때, 운 좋으면 너랑 한 팀이 될 수도 있다고 생각한 거지 뭐."

"오~ 그럼 운이 좋았다는 거군요."

"글쎄다. 그땐 그렇게 생각했는데, 너 하는 꼴을 보니 아닌 것 같기도 해."

"제가 왜요!"

"왜긴 왜겠어? 이렇게 따박따박 대드니까 그렇지."

"뭐라구요?"

단단히 삐치셨는지 옥상 계단을 내려가는 내내 지민이 녀석이 툴툴댔다.

"이럴 줄 알았으면 처음에 옮겨도 된다고 했을 때 팀을 바꿀 걸 그랬네요."

"아… 참, 장난이라니까."

"됐거든요?"

이 아가씨도 참 눈치 없어. 남부지검에 와서 처음으로 옥상에 올라왔다고 했으면, 알 법도 한데 말이야.

*　　　*　　　*

"최 검사님. 죄송하지만 윤 검사님께서 공판 때문에 부재중이어서 그런데 잠시 괜찮겠습니까?"

지민이의 담당 수사관인 차두현 씨가 미안하다는 듯 머리를 긁적이며 물어왔다.

"예, 그럼요. 무슨 일 때문에 그러십니까?"

"아, 오늘 접수된 뺑소니 사건 때문에 그런데, 피해자가 만취 상태여서 차량만 대충 기억을 하고 있지 다른 건 전혀 모르고 있습니다."

"어디 보자. 새벽 2시에 일어난 사건이네요. 일단 주변 CCTV를 확인해 보고 단서를 찾지 못하면 근처 상가 쪽에 새벽 1시 30분에서 3시 사이 비슷한 차량을 본 목격자가 있는지 알아봐야 할 것 같네요."

"그럼 그렇게 처리하겠습니다."

"아, 차 수사관님."

"예, 검사님. 말씀하시죠."

"윤 검사가 기분 나쁠 수도 있으니, 차 수사관님께서 처리한 걸로 해주세요."

"무슨 말씀이신지 알겠습니다."

안경을 썼음에도 가려지지 않는 날카로운 인상의 차 수사관이 고개를 꾸벅 숙이고는 자리로 돌아갔다.

벌써 팀제를 운영한 지 이 주일이 지난 건가.

확실히 서로를 보완해 줄 수 있다는 점은 팀제의 장점인 것 같았다. 나 역시, 사건을 해결하면서 막히는 부분은 곽 팀장의 도움을 많이 받았으니 말이다.

하지만 모든 사건이 팀장의 결재를 받아야 했기에 자연스레 통제를 받고 있는 상황이었다. 아직까진 부작용이 나타나고 있지는 않지만, 또 모를 일이었다. 혹시라도 그런 일이 생긴다면 옷 벗을 각오로 덤벼봐야겠지. 그건 그때 가서 생각해 보면 되는 거고.

특수부가 해체되는 건 역사대로인데, 검찰 내부의 체제 변환은 검사가 아니었어서 알 수가 없네.

설마, 나 하나 때문에 그런 일이 일어났으려고…….

"검사님."

"예?"

"뭘 그리 멍하니 계십니까?"

"아, 죄송합니다."

"아닙니다. 근데 무슨 생각을 하셨습니까?"

"그냥 팀제로 바뀌니 어째 조금 편해진 것 같단 생각을 했습니다."

"회의에 직접 참석하시지 않으셔도 되니 그러실 만하겠습니다."

"하긴, 그게 크긴 크네요. 근데 무슨 일 때문에 오신 겁니까?"

"박 반장님께서 단서를 찾으신 것 같다고 하셔서요."

"그래요? 며칠 전에 맡게 된 간통 사건, 도청에 성공한 모양이네요."

"예, 목소리가 밝은 걸 보면 꽤 큰 건인가 봅니다."

오랜만에 머리도 식힐 겸, 형사님께 직접 가볼까.

"그럼 직접 가보는 편이 낫겠네요."

"예, 제 생각도 같습니다."

"팀장님께 보고하고 바로 출발하죠."

"알겠습니다."

3장

의문의 소포

보고를 마치고 수사관과 함께 남부 경찰서 강력팀에 도착하자, 오늘도 어김없이 김 형사의 목소리가 쩌렁쩌렁 울려왔다.

"참나, 이거 무서워서 결혼을 하겠습니까~"

"지랄하고 있네. 애인도 없는 놈이 결혼은 무슨."

"팀장님! 제가 못 만드는 겁니까? 이럴까 봐 안 만드는 거죠!"

"개소리 말고, 일단 데리고 와봐. 능력도 없는 게."

"무슨 이야기들을 하시는데 김 형사님 빼곤 다들 그렇게 즐

거워 보이세요?"

수사관이 아무것도 모르는 척 태연스레 박 형사님의 핀잔에 변명을 늘어놓는 김 형사의 곁으로 다가가 묻자, 말하기 민망했는지 김 형사가 그답지 않게 쭈뼛거렸다. 그 모습이 안쓰러웠는지, 그래도 동기라고 유 형사가 그를 도와줬다.

"그냥 이번 사건에 관련해서 토론을 조금 했습니다."

"맞습니다. 토론을 조금……."

"에이구, 지랄들을 하세요. 수사관님 보기 민망하지도 않냐?"

"안녕하세요. 박 형사님, 직접 뵌 건 오랜만이네요."

"그러게요. 그동안 안녕하셨습니까?"

"예, 저야 뭐 잘 지냈죠."

"그랬다니 다행입니다. 근데, 검사님께선 안 오신 겁니까?"

"왜 안 왔겠어요. 저 여기 있습니다."

"어이구? 언제 오셨습니까?"

"그게 언제더라? 김 형사님께서 본인이 강서구에서 알아주는 카사노바셨다고 말씀할 때였나요, 수사관님?"

"예, 그랬던 것 같네요."

"하아… 설마, 다 듣고 있었습니까? 그래놓고… 수사관님, 너무하십니다……."

"죄송해요. 제가 조금 짓궂었죠?"

"조금이 아닙니다……."

"그러게 그런 말은 왜 하냐, 인마?"

"제가 하고 싶어서 했습니까?! 팀장님께서 몰아붙이니까 한 거죠!"

"몰아붙이기는? 야, 유 형사. 내가 그랬어?"

"아뇨. 저 바보가 혼자 좋다고 떠든 거죠."

"거봐, 자식아. 지 혼자 북 치고 장구 치고 다 해놓고 누굴 탓해?"

"자, 자. 이러다 도청한 내용은 내일쯤에나 들을 수 있을 것 같은데, 그만하죠."

"아효! 검사님 덕분에 운 좋은 줄 알아라. 가서 도청 녹음한 거나 듣고 와."

"예, 예. 맨날 저는 이런 역할이죠."

잠시 후, 김 형사가 가지고 온 녹음기에선 두 여성의 대화가 흘러나왔다.

[정말?]

[그렇다니까, 거기 물 정말 좋아.]

[야, 이 지지배야. 그런 델 이제 알려주면 어떡해?]

[나도 이번에 알았어! 알았으면 같이 갔지. 저번에 만났던 그 인간은 슬슬 질려간다면서? 어때, 내일 가볼래?]

[그럴까?]

[갈 거면서 빼는 척은…….]

[남편이 출장 중이라 갑자기 올 수도 있으니까 그런 거거든?]

[뭘 고민해. 나 만나러 잠깐 나갔다 왔다고 하면 되지.]

[맨날 너 만나러 간다고 하면 이상하게 생각할까 봐 그렇지.]

[걱정도 팔자시네.]

대화가 이어질수록 내용은 가관이었다. 이거 뭐, 더 들을 것도 없겠구만.

"김 형사님께서 결혼이 무서워진다고 말할 만하네요."

"거 보십시오. 제가 괜히 그런 말을 한 게 아니라니까요. 남편이 알면 바로 이혼 도장 찍고도 남을 일 아닙니까?"

"그렇죠. 아무튼 더 자세한 건 박남복이란 그 남성을 소환하면 될 것 같으니, 도청은 이 정도면 충분한 것 같네요."

"내일쯤 박남복이를 소환할까 합니다."

씁쓸한 얼굴로 그리 말을 꺼내는 박 형사님을 보자 미래엔 없어진 간통죄를 수사하고 있는 게 참 아이러니하면서도, 이런데도 간통죄가 정말 죄가 아닐까 하는 생각도 든다.

"예, 그렇게 해주세요."

"어이쿠, 벌써 가시려는 겁니까?"

"그래야죠."

"여기까지 오셨는데, 차라도 한잔하시고 가시죠."

혹시나 하는 수사관의 표정을 보니, 그녀도 그러고 싶어 하는 눈치였다.

"그럼 염치 불구하고 실례하겠습니다."

*　　　*　　　*

"유 형사님께선 이제 몸은 괜찮으십니까?"

"예, 많이 괜찮아졌습니다."

"걱정 많이 했는데, 다행입니다."

그렇게 커피를 홀짝이며 오랜만에 만난 형사들과 대화를 하고 있을 때, 민 형사가 조그마한 박스를 들고 강력계로 들어섰다.

"어이, 민 형사. 그건 뭐야?"

박 형사님의 질문에 그녀는 고개를 갸웃거리며 형사님에게 박스를 건넸다.

"아, 저희 쪽으로 온 소포입니다."

"뭐? 인마? 그런 걸 뭔지 확인도 안 하고 덥석 들고 오면 어떡해?"

"그게… 유지나 씨께서 보내신 거라… 별문제가 되지 않을 거라 생각해서……."

"유지나 씨?"

"예에……."

"그럼 진작에 그렇게 말하면 될 걸 가지고… 뭘 또 그리 풀이 죽어 있어?"

"죄송합니다……."

"팀장님. 별것도 아닌데 그만하시고 유지나 씨한테서 온 소포나 좀 뜯어보죠. 예? 궁금해 죽겠습니다."

"그렇게 궁금하면 니가 직접 뜯어봐."

"옙! 분부대로 하겠습니다."

이럴 때 보면 눈치가 없는 건 아닌데, 평소엔 왜 그러나 몰라. 별일 아니니 신경 쓰지 말라는 듯 민 형사의 어깨를 툭 친 김 형사가 너스레를 떨며 소포를 집어 들었다.

"그럼! 개봉하겠습니다! 두구두구두구~ 두두두~ 따단~"

"제발 오버 좀 안 하면 안 되겠냐?"

"에이, 이런 선물이 몇 년 만에 온 건데, 재미없게 그럴 수 없죠~"

"알았으니까 좀 열어, 자식아. 궁금하단 놈이……."

그런 형사님의 잔소리는 귓등으로 들은 건지, 김 형사의 오버는 소포를 열 때까지 계속됐다.

"어라?"

소포를 뜯은 후 그 안에 들어 있던 조그마한 상자를 연 김 형사가 내용물에 조금 놀란 모양이었다.

"쿠키네요."

옆에서 내심 기대하는 눈초리로 바라보던 수사관이 쿠키를 보며 말했다.

"예, 상자에 메이커가 없는 걸 보면, 직접 만드신 것 같은데요?"

"그러게 말입니다. 근데 쿠키를 보내실 거면 그냥 가져다주셨으면 더 좋았을 텐데 말입니다."

"인마, 너라면 여기 오고 싶겠냐? 그래도 이렇게 보내준 게 어디야? 괜히 군말 말어."

"그냥 말이 그렇다는 겁니다. 당연히 감사하죠. 보내주신 성의를 봐서라도 상하기 전에 먹어야 될 것 같은데요?"

"그냥 먹고 싶다고 말을 해, 자식아."

"솔직히 팀장님도 드시고 싶잖습니까?"

"알았어. 먹자, 먹어. 검사님 먼저 집으시죠."

"아닙니다. 반장님 먼저 드세요."

"에이, 누가 먼저 집으면 어떻습니까. 자요."

형사님께서 쿠키를 하나 집어 내게 건네고는 곧이어 팀원들에게도 먹으라는 손짓을 했다. 상자에 담긴 쿠키는 꽤 많은 양이었지만 강력 3팀 인원들이 하나씩 집다 보니 어느새 반 이상이 줄어들어 있었다.

"유 형사. 너도 얼른 하나 집어."

"예, 팀장님."

형사님의 말에 팀원들이 쿠키를 모두 집을 때까지 차례를 기다리던 유 형사가 상자로 손을 뻗었다.

"음? 이게 뭐지?"

고개를 갸웃거리며 잠시 멈칫하던 그는 이내 손을 깊숙이 넣어 쿠키에 파묻혀 있던 무언가를 끄집어 올렸다. 그 순간 민 형사가 먹던 쿠키를 그대로 바닥에 뱉고는 토악질을 해대기 시작했다.

"우에엑……."

더 이상 참을 수 없었는지 민 형사가 문을 열고 밖으로 뛰쳐나갔지만, 우리들 중 누구 하나 그녀를 신경 써 줄 겨를은 없었다.

"대체 이게 무슨 상황이야?"

유 형사의 손에 들려 있던 조그마한 실험 병을 낚아채다시피 가져간 박 형사님은 도무지 이해를 하지 못하겠다는 듯 잔뜩 미간을 찌푸린 채 혼자 되뇌였다.

"손가락이라니……?"

형사님의 말처럼 실험 병 안엔, 반쯤 잘린 손가락이 녹색의 빛이 감도는 액체에 담겨 있었다.

"반장님, 지금 이러고 있을 때가 아닌 것 같습니다."

"예, 검사님. 죄송합니다. 너무 뜻밖의 일이라 제가 잠시 정신 줄을 놨었나 봅니다. 김 형사……."

"예, 팀장님."

"지금 당장 국과수에 분석 의뢰하고, 유지나 씨께 연락해."

"알겠습니다."

"검사님, 전 잠시 청장님께 보고하고 오겠습니다. 혹시라도 유지나 씨가 오면 부탁 좀 드리겠습니다."

"알겠습니다. 그 점은 염려 마시고 다녀오세요."

*　　　*　　　*

"어떻게 됐어?"

전화를 받자마자 서둘러 달려오느라 숨을 헐떡이는 내 모습은 보이지도 않는지 형사님께선 다짜고짜 그렇게 물어왔다.

"하아… 유지나 씬 전혀 모르고 있었어요."

"아무것도?"

"예, 택배 회사 측에서 알려준 번호나 주소지 역시 유지나 씨가 보냈다고 하기엔 무리가 있구요."

"하긴, 피해자였던 그녀가 그런 걸 가지고 있다는 게 말이 안 되지… 대체 어떤 정신 나간 놈이 이런 미친 짓을 한 거야… 혹시 짐작 가는 건 없어?"

"사실 한 가지 걸리는 게 있어요."

"뭔데?"

"이번 달 초에 인사이동이 있었던 거 아시죠?"

"당연하지. 팀제인가 뭔가로 바뀌면서 그렇게 됐다며. 근데 그게 왜?"

"인사이동을 하면서 중앙지검에 있던 제 후배가 저희 팀으로 배속됐는데, 그 아이가 우리가 맡고 있던 사건 현장에서 발견된 게 손가락이라고 했거든요."

"뭐? 그게 정말이야? 배에서 발견된 게 단순한 혈흔이 아니라, 손가락이라고?"

"예. 그땐 정확하지 않은 거라 설마 했었는데, 유지나 씨의 이름으로 보낸 걸 보면 그 사건과 연관이 있는 자가 보낸 게 아닐까 싶어요."

"모르긴 뭘 몰라. 척보면 답이 나오는구만. 공범 쪽에서 아직도 우리가 그 사건을 맡고 있는 줄 알고, 혼란을 주려고 보낸 거겠지."

"아무래도 그럴 가능성이 높죠. 근데 이런다고 놈들에게 무슨 이득이 있는 거죠?"

"글쎄, 배에서 손가락이 발견될 걸 알고 있는 놈들이니 내 생각엔 운송책이 아직 잡히지 않았다고 여기게 하려는 게 아닐까? 그것 말고는 이럴 이유가 없잖아?"

"그렇겠네요."

"아직 필리핀 쪽 조직은 잡지 못했으니, 놈들이 조금이라도 발 뺄 시간을 벌어보려는 마지막 발악인가 본데… 그래도 이건 도가 지나쳤어."

"그렇게 말하는 걸 보면, 경찰청장이 뭔가 결단을 내렸나 봐요?"

"그럴 리가… 청장은 일단 국과수에서 결과가 나올 때까지 함구하라더라구."

"그렇게 목격한 사람이 많은데 그게 가능하겠어요?"

"몰라. 까라면 까야지 뭐. 너한테도 부탁 좀 한다고 하더라."

"뭐, 그건 상관없지만 잘못돼서 일이 더 커질까 봐 그게 걱정되네요."

"내 생각도 그렇긴 한데, 사실 결과가 나오기 전까진 아무 단서도 없는 지금 뭘 할 수도 없잖아. 그러니 일단은 그렇게 알고 있어. 국과수에서 연락 오면 바로 알려줄 테니까."

"예. 간통 사건 증거 보러 왔다가 이게 뭔 일인지 모르겠네요."

"에휴… 그러게 말이다. 이럴 줄 알았으면 쿠키라도 늦게 집는 건데 찝찝해 죽겠구만."

"저보다 더 억울하겠어요? 누구 덕분에 가장 먼저 먹게 됐는걸요."

"짜식이 챙겨줘도… 꼭 그렇게 말해야겠냐?"

"그냥 가기 뭐해서 농담한 거예요."

"가려구?"

"예, 왠지 이럴 것 같아서 수사관한테도 차에서 기다리라고 했거든요."

"하여간, 눈치는 빨라 가지고. 그려, 날씨도 추운데 얼른 가 봐."

"예, 형사님도 들어가세요. 아, 국과수에서 연락 오면 알려 주시구요."

"그래."

4장

손가락의 주인

유지나… 손가락… 형사님에겐 말하지 못했지만 차로 가는 내내 내 머릿속엔 단 하나의 가정이 맴돌고 있었다. 그리고 그 가정이 맞다면…….

"반장님과 이야기는 잘 나누고 오셨습니까?"

"예."

"그런 것치고는 검사님 표정이 좋아 보이진 않습니다만?"

"별다른 소득이 없어서요."

"소득이 없다니요? 당연히 수사를 진행할 줄 알았는데요?"

"저도 그럴 줄 알았는데, 국과수 결과를 보고 판단을 할 모양이에요."

"근데 그런 이야기라면, 굳이 반장님께서 검사님께만 따로 말씀드릴 이유가 없을 것 같은데요."

"사실 조금 더 있긴 한데, 반장님께서는 경찰청장의 함구 명령 때문에 저한테만 알려준 거라서요."

"제겐 말씀해 주실 수 없다는 거군요."

"아뇨. 반장님께서도 허락하셨으니 알고 계셔도 상관없을 것 같습니다."

그렇게 말하며 고개를 젓자 이내 섭섭해하는 목소리로 묻던 수사관의 표정이 밝아졌다.

"검찰청으로 가는 동안 말씀해 주시겠습니까?"

"그럼요."

*　　　*　　　*

어느덧 남부 경찰서에 손가락이 담긴 소포가 배달된 지 3일이 지났다. 짧다면 짧은 3일이었지만, 그사이 단 하루도 잠을 설치지 않은 날이 없었다.

그렇게 초조하게 결과를 기다린 내게 지금 걸려온 형사님의 전화만큼 반가운 것이 있을까?

"여보세요."

—어, 승민아.

"결과는 나왔어요?"

—어, 그래. 근데 문제가 생겼어.

"무슨 문제요?"

—권한 밖이라 알려줄 수가 없다는데?

"예? 권한이요?"

—어, 아무래도 사건이 또 넘어간 것 같아.

젠장…….

"결과는 나온 거구요?"

—국과수 측에서 연락이 오긴 했으니 알아냈겠지. 씨발, 진짜 이럴 때마다 말단 형사인 게 좆같다니까.

"일단 알겠어요. 제가 한번 알아볼게요."

—어떻게? 그때처럼?

"예, 혹시나 이럴까 봐 미리 부탁 좀 했었어요. 남부 경찰서에서 오는 증거 좀 맡아달라고."

—니가 나보다 낫구나.

"그럴 리가요. 어쨌든 제가 알아보고 다시 연락드릴게요."

홍다나, 이 아가씨야… 연락을 해준다고 했으면 약속을 지켜야죠.

—여보세요.

"안녕하세요. 다나 씨."

—예, 최 검사님… 오랜만이네요? 하하…….

"왜 그러세요? 저한테 찔리는 거라도 있으신가 봐요?"

—제가요? 그런… 거~ 없는데요…….

"그래요? 전 있을 것 같은데, 아닌가요?"

—휴… 죄송해요… 최 검사님께 연락드리고 싶었는데, 저희 쪽에서도 함구 명령이 떨어져서요. 최 검사님을 못 믿는 건 아니지만 검사님께서 수사를 진행하시게 되면 제가 곤란해지거든요. 이번은 도움을 못 드릴 것 같아요.

"수사를 진행하려고 하는 게 아니라면요?"

—예? 그럼 굳이 들을 이유가 없지 않으신가요?

"그냥 개인적인 호기심이에요. 제 예상이 맞다면, 어차피 제가 수사를 할 수도 없구요."

—하하… 그렇게 말씀하셔도 안 돼요…….

"그럼 제가 먼저 맞춰볼 테니까, 맞으면 결과에 대해서만 알려주시겠어요? 수사를 진행한다거나 하는 일 없다고 약속드릴게요."

—흐음…….

"제가 틀렸다면 더 이상 귀찮게 하지 않겠습니다."

—정말 약속하신 거예요?

"당연하죠. 제가 언제 한 입으로 두말하던가요?"

—그럼 믿어보죠. 말씀해 보세요.

당연히 내가 알 수 없을 거라 확신하는 건가.

"이번 남부 경찰서에 도착한 택배에서 나온 손가락, 전에 제가 맡았던 납치 사건의 사건 현장에서 발견된 증거와 유사점이 있는 거죠? 그래서 저에게 말씀하기 곤란하신 거구요."

—무슨… 말씀이신가요?

"그 배 안에서 발견된 게 살해된 강 의원의 손가락이 아니냐고 묻고 있는 겁니다. 그래서 다나 씨께서 제게 말해주실 수 없는 거구요."

—그게 강 의원의 손가락이라는 거… 어, 어떻게 아셨어요? 그건 지민이한테도 안 알려준 건데?

"검사의 감이죠."

—정말요?

"아뇨. 우연히 중앙지검으로 제 사건이 넘어갔다고 들었어요. 그때 알게 된 거예요."

—헐… 처음부터 사건의 내막은 다 아시고 계셨던 거네요?

"예. 그 소포에 납치 사건 당시 피해자의 이름이 적혀 있었어서 모르는 게 더 힘들지 않을까 싶네요. 속여서 죄송합니다."

—아니요. 근데, 그 정도면 다 아시는 것 같은데 어떤 게 궁금하신 거예요?

내가 궁금한 건 하나였다.

"손가락의 주인이 누구인지 알고 싶어서요."

—약속을 했으니 말해 드리기는 하겠지만, 검사님께서 실망하실지도 모르겠네요.

"그게 무슨 말씀이십니까? 제가 실망을 하다니요?"

—검사님께서 알고 싶어 하는 내용이 아닐 가능성이 높다는 말이에요. 그 손가락의 주인… 이미 8년 전에 죽은 사람이거든요.

피해자에 대해 말을 하던 다나 씨는 나의 침묵에 자신의 예상이 맞았다고 생각했는지 한숨을 내쉬며 말을 이었다.

—살해당했을 당시에 고등학생이었다는데 안타깝죠, 뭐.

그것만큼은… 아니길 간절히 빌었건만… 이건 분명 내가 알고 있는 손가락 살인 사건이 분명했다… 왜 이 사건이 이렇게 앞당겨진 거지?

—저기, 검사님? 듣고 있어요? 최 검사님? 승민 씨?

연이은 다나 씨의 물음에 떨리는 목소리를 추스르며 그녀에게 말했다.

"예. 듣고 있어요, 계속 말씀하세요……."

—말씀을 안 하셔서 끊어진 줄 알고 놀랬잖아요~

"죄송해요. 너무 뜻밖의 이야기라 그만……."

—그래요? 저는 오히려 검사님께서 맡으신 사건과 관련이 없어서 실망하실 줄 알았는데 의외네요.

"아뇨. 오히려 흥미가 생기는데요."

—예? 하아? 지민이도 그렇고 최 검사님도 그렇고 검사들은 다 그렇게 호기심이 많은 건가요?

"오히려 그 반대일걸요. 저도 검사 되기 전엔 이렇지 않았으니까요."

—하긴, 그게 맞겠네요. 지민이도 학창 시절엔 공부밖에 모르는 순둥이였으니 말이에요. 아무튼 제가 알고 있는 건 다 말씀드렸어요.

"감사합니다."

—그럼 약속은 꼭 지켜주세요.

"예, 그럼 들어가세요."

젠장, 대체 어떻게 해야 되지? 우선은 박 형사님과 이야기를 나눠보는 편이 지금으로선 최선이려나…….

*　　　　*　　　　*

"뭐? 8년 전 살인 사건의 피해자가 고등학생이라고?"

"예, 맞아요."

"그런 사건이라면, 내가 모를 리가 없는데?"

"아마도 2002년 월드컵이 열릴 당시라 그랬을 거예요."

"월드컵이라… 하긴, 그럴 만도 하겠구만. 웬만한 사건은 조용히 넘어갔을 테니까. 그래서 어떻게 살해당했다는데?"

"그건 모르겠고, 피해자의 이름만 간신히 알아냈어요."

"그 정도면 충분해. 이름이 뭔데?"

"정영민이라고 하더군요."

"살해당했을 당시 나이는?"

"고등학교 3학년이요."

"그래, 잠깐만."

그렇게 말한 형사님께선 휴대폰을 꺼내 어디론가 전화를 걸었다.

"어, 나다. 서엔 별일 없지? 응. 그럼 사건 하나만 조사해 봐. 그냥 좀 하라면 해. 자식아, 뭔 말이 그렇게 많아?"

형사님의 억양이 높아진 걸 보면, 통화를 하는 사람은 아무래도 김 형사가 분명했다.

"부를 테니까, 받아 적어. 2002년 월드컵 당시에 벌어진 살인 사건이고, 피해자 이름은 정영민, 고등학교 3학년이었다나 봐. 그리고 조용히 알아봐. 뭐? 그럴 일이 있으니까 조용히 알아보라는 거 아냐! 그래. 알아보고 바로 연락해."

"누구예요? 혹시 김 형사님이에요?"

"어, 안 그럼 내가 화를 냈겠냐? 빠르면 10분이고 늦어도 30분 정도면 알아낼 거야. 그럼 난 잠깐 화장실 좀 다녀올게."

"예, 다녀오세요."

"그나저나 간댕이가 얼마나 부었으면 8년 전 사건을 제 손으로 들춰내냐 말이야. 새해 초부터 참 놀랄 일만 생기는구만."

혀를 차며 화장실로 향하는 형사님을 보며 이렇게 말하고 싶었다. 그래도 지금 저만 할까요.

사건의 내막을 모르는 형사님께선 단순한 살인 사건이라 여길 뿐이었지만, 난 그럴 수 없었다. 차라리 몰랐으면 얼마나 좋을까?

경찰서로 보내진 소포, 그리고 그 안에서 발견된 손가락과 살해당한 피해자가 고등학생이라는 점까지… 이건 모두 과거로 돌아오기 몇 년 전, 방송 프로그램인 '그것을 알아보자'의 연쇄살인범 특집 중 제2의 살인의 기억이란 제목으로 방영이 됐던 손가락 살인 사건의 첫 범행과 일치했다.

그리고 지금 우리가 마주친 이 사건은 2026년까지도 미해결 사건으로 남아 있었다. 하지만 그것보다 중요한 건…….

"자, 춥다고 그렇게 멍하니 있지 말고 커피라도 좀 마셔."

"감사합니다. 제가 뽑아 드렸어야 됐는데……."

"됐어, 인마. 먹기나 해."

"예, 잘 먹을게요. 근데 김 형사님한테는 연락 안 왔어요?"

"왜 안 왔겠냐? 안 그래도 말해주려던 참이야."

이 바닥에서 산전수전 다 겪은 형사님께서 인상을 찌푸리는 걸 보면, 필시 예사 내용은 아닐 것이다.

"그게 월드컵이 벌어지기 직전에 살해당한 모양이야."

"월드컵이 벌어지기 직전이요?"

"응, 너도 혹시 들어봤을지도 모르겠다."

"제가요?"

"응, 김 형사 말로는 유 형사가 뉴스에서 한번 본 거 같다고 하더라고. 그 말을 듣고 나니까, 나도 어렴풋이 기억이 나더라."

"그럼 어쩌면 저도 알지도 모르겠네요. 무슨 사건이었는데요?"

"어떤 미친놈인지 몰라도, 그 정영민이란 학생을 살해한 뒤에 동물 사체들이랑 같이 드럼통에 넣고 불을 지른 모양이야……."

그저 첫 희생자의 손가락이 경찰서로 보내졌다는 것 말고는 자세한 내용을 모르던 내게 형사님이 말해준 손가락 살인범의 엽기적인 살해 방식은 충격 그 자체였다.

"예?"

잠깐만. 이 사건… 전에 누구한테 들었던 것 같은데?

"혹시 범죄 현장 주변에서 그 학생의 옷가지가 널려 있지 않았나요?"

"맞아. 너도 기억이 나나 보구나?"

"예, 직접 뉴스로 본 건 아니지만 지인한테 들었던 건 기억나네요."

"그래? 뭐 더 생각나는 건 없고?"

"예. 오래돼서 누가 저한테 말해줬는지도 생각이 안 나요."

"아쉽게 됐구만. 혹시 수사를 하는 데 도움을 받을 수 있을까 싶었는데."

"수사라뇨? 위에서 알면 가만있지 않을 텐데요."

"알지. 근데 이 사건 8년이나 지난 지금까지도 미해결 사건이야. 그건 다른 사건을 조사하면서 해결할 수 있을 사건이 아니란 거잖아."

"그렇다고 그냥 막무가내로 수사를 벌이다간 큰일 날 수도 있어요."

"나도 짬밥이 있는데, 그거 하나 모를까. 그래서 청장한테 부탁 좀 하려고."

"어떻게요?"

"지금 알아낸 걸 가지고 부탁하려는 건 아니니까 걱정 말고."

"아니, 그럼 어떤 식으로 부탁을 하려는 건데요?"

"벌써 두 번이나 사건을 뺏겼는데, 가만히 있을 거냐고 땡깡 좀 부려봐야지."

"그런 식으로 될까요?"

"안 해보는 것보다야 낫지 않겠어?"

그렇긴 한데, 잘될까 모르겠네요.

*　　　*　　　*

대체 범인은 누구지? 잡힌 운송책? 아니면 손가락 살인마 역시 납치 사건과 연관이 있던 걸까? 전자라면 좋을 텐데.

일주일 전, 호기롭게 나섰던 박 형사님이 실패를 하고 나니 더욱더 그랬으면 하는 소망이 간절해진다.

어쩌면 형사님이 그 사건을 맡지 못하게 된 것이 다행일지도.

"선배!"

"응? 왜 그래?"

"빨리 뉴스 좀 보세요."

"뭔 일인데 그렇게 호들갑이야?"

"아무튼 빨리요!"

"윤 검사님, 그러다 다치십니다. 무슨 일 때문에 그러십니까?"

"그게 뉴스 속보 때문에요. 이럴 게 아니라, 오 수사관님도 같이 가시죠."

"예? 저기 검사님?"

얼떨결에 손을 잡힌 채 끌려가던 수사관이 도와달라는 듯 이쪽을 바라봤다.

"수사관님. 그냥 가보죠. 무슨 일인데 저러는지."

"예, 알겠습니다."

그렇게 지민에게 강제로 끌려가다시피 TV 앞에 도착한 수사관과 난 멍하니 서로를 바라볼 수밖에 없었다.

[오늘 오후 1시경, 남부 경찰서로 도착한 택배에서 반쯤 잘린 손가락이 유리병에 담긴 채 발견됐습니다. 현재 손가락은 국립과학수사연구원에서 분석 중이며, 남부 경찰청장은 이번 사건이 경찰력에 대한 도전이라며 총력을 다해 수사할 것이라고 밝혔습니다.]

'그것을 알아보자'의 MC가 그 특유의 중후한 목소리로 살인마의 살인 유희라 표현했던, 마치 전리품이라도 되는 양 피해자의 손가락을 잘라 경찰서로 보낸 놈의 행위를 보도하는 앵커의 목소리는 놈이 잡혀 있길 바랬던 내 믿음을 산산조각 내버렸다.

결국 또다시 시작되는 건가…….

지이잉— 지이잉—

"여보세요."

—어, 승민아. 뉴스 봤지?

"예, 대체 어떻게 된 거예요?"

—뉴스에서 나오는 그대로야, 점심 먹고 오니까 서가 발칵 뒤집혔더라고. 그래서 무슨 일인가 물어보니까, 강력 2팀으로 택배가 하나 배송됐는데 그 안에서 손가락이 나왔대. 덕분에 경찰청장한테 끌려갔다가 지금 내려왔다.

"강력 3팀이 아니라, 2팀으로요?"

—그래. 대체 놈이 무슨 꿍꿍이를 벌이고 있는지 모르겠지만, 확실한 건 시간을 끌려는 게 아니라 과시를 하려는 것 같아.

"과시라니요? 뭘 과시한다는 말씀이세요?"

—글쎄, 어쩌면 아직 잡히지 않았다는 걸 과시하는 걸지도 모르지…….

잡히지 않았다?

"지금, 운송책이 손가락을 보낸 거란 말씀이신 거예요?"

—사실… 잡혔다는 걸 우리 눈으로 확인한 것도 아니잖아.

"그 장소에서 도주한 자는 없잖아요."

—그래. 하지만 전원이 가면을 쓰고 있던 상황에다 놈의 인상착의조차 몰랐잖아. 너, 정말 놈이 잡혔다고 확신할 수 있어?

형사님의 말에 등골이 오싹해져 왔다.

—거봐, 말 못 하겠지?

"예, 형사님 말씀대로네요. 근데 놈을 놓친 거면 큰일 아니에요?"

—그건 걱정 마. 다행히 그놈 덕분에 이번 사건 우리가 맡게 됐으니까. 지휘는 형사 4팀 팀장인 이천기 검사가 할 거라더라. 왜 말이 없어?

"형사님께서 사건을 맡게 됐다구요?"

—그렇다니까. 뭐야? 정신을 얻다 뒀길래, 방금 들어놓고 되물어?

"아니, 얼마 전에 경찰청장이 난리를 치면서 거절을 했다고 들었는데 사건을 맡게 됐다고 하니까 웃기잖아요."

—몰라. 이번엔 아주 바락바락 목에 핏대를 세우면서 당장 수사 진행하라고 난리더라. 그러게 진작에 맡는다고 할 때 맡게 해줬으면 얼마나 좋아.

"어쨌든 형사님께서 사건을 담당하게 됐다니까 조금은 안심이 되네요."

—짜식. 잘 해결되면 또 연락하마.

"예, 고생하세요."

—그래, 너도 고생해라.

"아, 형사님."

—응? 왜? 할 말이라도 남았어?

"조심하시라구요."

—사건 한두 번 맡냐? 사건 맡을 때마다 매번 조심하니까

염려 말어.

"그래도 정말로 운송책이 맞다면 쉽지 않을 테니 조심하라는 거죠. 또 괜히 놈을 찾았다고 혼자 움직이지 마세요?"

—김 형사가 그리 둘 놈이야? 아무튼 고맙다.

별 걱정을 다한다는 듯 호탕하게 웃는 형사님께 말을 해드릴까 했지만, 차마 입이 떨어지지 않았다.

말을 했어야 했어… 바보야. 어떻게 말해줄 건데? 대체 그 사건을 수사하다가 형사 둘이 살해당했다고 어떻게 말을 하냐고…….

"검사님, 형사님이라고 하시던데 혹시 박 반장님이십니까?"

"아… 예, 맞습니다."

"그래요? 항상 반장님이라고 부르시던 분께서 웬일로 형사님이라고 부르셨습니까?"

"속보 때문에 정신이 없어서 깜박했어요."

"그러셨군요. 근데 박 반장님께선 이번 속보 때문에 연락하신 겁니까?"

"예, 이번 속보에 나온 수사를 맡게 되셨다고 하더라구요."

"그럼 저희가 담당을 하는 겁니까?"

"아니요. 형사 4팀 팀장이신 이 팀장님께서 맡으셨대요."

강 의원 사건과 손가락 사건의 담당이 다른 걸 알고 있는 수사관이 의미심장한 말을 해왔다.

"흐음… 그럼 양쪽으로 수사가 진행이 되겠군요."

"예, 그렇게 되겠지요. 아, 수사관님."

"말씀하십시오."

"강혁범과 면담을 좀 하고 싶은데, 서류 좀 작성해 주시겠어요."

"갑자기 강혁범과 면담은 왜 하시려고 하십니까?"

"조금 걸리는 게 있어서요."

"걸리는 점이라니요? 설마……."

"그건 나중에 이야기하죠. 일단은 준비 좀 부탁드려요."

그렇게 말하며 주위를 둘러보자 무슨 말인지 알겠다는 듯 수사관은 고개를 끄덕였다.

"알겠습니다. 그럼 준비되는 대로 보고드리겠습니다."

"선배."

"어? 왜?"

"설마 이 속보에 나온 사건에 대해서 알고 계셨어요?"

"야, 넌 방금 내가 통화한 건 안 들었어?"

"아니, 그렇다고 보기엔 선배 행동이 이상해서 그렇죠. 방금 강혁범이라던 자가 이번 사건에 관련된 게 아니면, 누군데 갑자기 그 사람을 만나보시려는 거예요?"

"전에 내가 맡았던 납치 사건 범인."

배 안에서 발견된 것이 손가락이라는 걸 아는 지민이라면 충분히 알아듣겠지.

“예? 그럼……?”

“어, 그래. 그래서 혹시나 관련이 있나 싶어서 말이야. 그러니 일단 넌 그냥 그렇게만 알고 있어.”

“예. 알겠어요. 뭔가 나오면 저한테도 알려주실 거죠?”

“너한테 안 알려줬다가 하루 종일 뭔 고생을 할지 모르는데 당연하지. 그러니, 그만 일 좀 합시다.”

“그건 자네도 마찬가지 아닌가?”

“아… 잘 다녀오셨습니까? 팀장님.”

“뭐 바로 앞에 나갔다 온 건데 잘 다녀오고 할 게 있나. 근데 자네, 공판부로 보낼 서류는 다 작성해 놓고 이러고 있는 거 맞겠지?”

“예, 그건 팀장님 책상에 올려놨습니다.”

“그럼, 이거 최 검사 말대로 윤 검사가 농땡이를 쳤나 보구만?”

“그건 아닙니다. 그냥 제가 장난 좀 친 겁니다. 실은 뉴스 속보 때문에 윤 검사와 잠시 이야기를 나눴습니다.”

“속보?”

TV로 잠시 눈을 돌린 곽 팀장이 인상을 찌푸렸다.

“단단히 미친놈이구만. 어느 팀에서 맡았는지 몰라도 고생깨나 하겠어.”

"아, 이천기 팀장이 맡았답니다."

"이 검사가? 근데 이 검사가 맡았다는 걸 자네가 어떻게 알아?"

"박준혁 반장이 이번 사건을 맡게 됐는데, 담당 팀인 저희가 아닌 다른 팀에서 지휘를 하는 게 이상한지 저한테 연락을 해왔었습니다."

"으음… 피해자의 신원이 밝혀지면 아무런 단서 하나 없이 시체부터 찾아야 할 텐데, 그 친구 고생깨나 하겠어. 어쨌든 간에 이제 다른 팀에서 맡은 사건은 그만 들여다보고 둘 다 업무에 복귀하게."

"예, 알겠습니다."

미안한 눈빛을 보내오는 지민에게 괜찮다는 듯 손을 흔들며 자리로 돌아오자, 수사관이 쪼르르 달려왔다.

"준비는 다 끝나셨나 보네요."

"검사님. 그게… 아무래도 면담은 안 될 것 같답니다."

"예? 면담이 안 될 것 같다니요?"

"교도소 쪽에서 연락이 왔는데, 강혁범이 자살 시도를 할 만큼 정신적으로 불안한 상태라 면담은 불가능하답니다."

"자살 시도라니요? 수사관님도 알잖아요. 그자가 자살 시도를 했을 리가 없어요."

"예. 저도 그렇게 생각합니다만… 교도소 측에서 안 된다고 하면 어쩔 수 없지 않습니까."

"교도소 번호가 어떻게 되죠? 제가 직접 사정을 설명해 보죠."

"여기 있습니다."

수사관에게서 건네받은 메모지에 적힌 번호로 연락을 하자, 단조로운 전화 벨소리가 울렸다.

—여보세요. ×× 교도소 교도관 이문석입니다.

"안녕하세요. 남부지검 최승민 검사라고 합니다."

—남부지검이요? 혹시 조금 전에 강혁범 면담 신청을 하셨던 분 맞으신지요?

"예, 제가 신청했었습니다. 근데 교도소 측에서 안 된다고 하셔서 이유를 알고 싶어 연락을 드렸습니다."

—죄송합니다. 저희도 수사에 도움을 드리고 싶은 마음은 굴뚝같습니다만, 그놈이 벌써 세 번이나 자살을 시도할 정도로 지금 제정신이 아니라서요.

"제가 아는 강혁범은 절대 자살을 시도할 위인이 아닌데요?"

—저희도 교도소에 온 건지 자기 안방에 온 건지 모를 정도로 태평스러웠던 놈이라 갑자기 이러는 게 연기가 아닐까 싶어서 정신감정까지 의뢰해 봤는데, 의사 말로도 심각한 수준이라더군요. 며칠 내로 정신 병동으로 이송될 겁니다.

정신 병동?

"그렇습니까? 근데 놈이 왜 자살을 시도한 겁니까?"

—저도 놀랐습니다. 범죄자 주제에 그리 로맨티스트였을 줄은 몰랐는데, 애인한테 온 편지 한 통을 받더니 그리됐습니다.

"애인이요? 확실한 겁니까?"

—검사님께서도 아시겠지만, 기본적인 검열은 하고 있습니다.

"직접 확인하셨습니까?"

—예, 제가 직접 확인했었습니다. 내용도 일반적인 연애편지와 별다를 게 없었습니다.

"그렇습니까… 알겠습니다."

—그럼, 수고하십시오.

잠깐만…….

"아, 저기!"

—하실 말씀이라도 남으셨습니까?

"예, 교도관님을 못 믿는 건 아닙니다만 제가 제 눈으로 확인을 하고 싶어서요. 실례가 되지 않는다면 편지를 제가 볼 수 있을까요?"

—예, 별 상관없을 것 같습니다. 팩스 번호를 알려주시면 제가 바로 보내 드리겠습니다.

"감사합니다."

팩스 번호를 알려주고 전화를 끊자 수사관이 궁금한 눈빛으로 물었다.

"어떻게 된 거랍니까?"

"애인한테 편지를 받고 나서 자살을 시도했다는데요?"

"그 간악무도한 강혁범이 고작 애인 편지 때문에 자살을 시도했다구요?"

"제 말이 그 말입니다. 아무래도 편지가 수상쩍어요."

"곧 도착할 테니, 조금 기다리시면 어찌 된 일인지 알 수 있을 겁니다."

* * *

사랑하는 혁범 씨에게라…….

"어떻습니까?"

"보는 제가 다 민망하네요. 놈을 정말 열렬히 사랑했나 봅니다."

"수상한 내용은 전혀 없습니까?"

"예, 이제 마지막 장인데도 손발이 없어질 것 같은 것 빼고는 수상한 점을 찾을 수가 없네요."

"하아… 3장씩이나 보낸 걸 보면 정말 단순한 연애편지일지도 모르겠네요. 참, 어떤 아가씨인지 딱하네요. 어쩌다 저런 범죄자한테 마음을 열었는지……."

"아니면 강혁범이가 연기를 하는 걸지도 모르죠."

"하지만 정신과 전문의의 감정 결과가 맞다면 그건 아니지 않을까요?"

"하도 답답해서 한번 말해본 겁니다."

"근데… 이거, 편지를 보낸 사람이 아가씨가 아닐 수도 있겠네요."

"예? 그럼 강혁범이 게이였다는 말씀이십니까?"

"이 부분이니, 직접 보시죠."

"이건……?"

편지 마지막 줄에 적혀 있는 '군천항에서 있었던 추억을 잊지 못할 거예요'라는 글귀를 본 수사관의 낯빛이 새하얘졌다.

"검사님, 군천항이라면 저희가 운송책을 체포한 장소가 아닙니까?"

"그렇죠. 하… 전에 제가 말씀드렸죠. 절 믿었다간 금방 실망하시게 될 거라고……."

"저흰 확인할 시간도 없었지 않습니까? 이건 검사님의 잘못이 아닙니다. 자책하지 마십시오."

"그래요. 근데 이젠 어떻게 해야 할지 모르겠네요."

"납치 사건의 범인이 아직 잡히지 않았으니 저희가……."

나는 검지를 내 입가에 갖다 대어 운송책이 잡히지 않은 사실에 흥분한 수사관에게 주의를 주며 조용히 말했다.

"여기서 할 이야기는 아닌 것 같습니다. 잠깐 밖에서 이야기하죠."

"하지만 검찰청에서 이야기할 거라면, 오히려 이곳이 가장 안전할 것 같은데요."

"적당한 장소를 알고 있으니, 따라오시죠."

적당한 장소라는 말에 의아한 눈빛을 보내던 수사관이 할 수 없다는 듯 자리에서 일어났다.

"결국 적당한 장소라는 곳이 옥상이었습니까……."

"왜요? 저 말고 이곳에 온 사람을 본 적도 없는걸요."

"하긴, 어차피 조용한 곳이 필요했던 거니 별 상관없겠네요."

"여기만 한 곳도 없습니다. 그럼 아까 못 했던 이야기를 해볼까요."

하지만 내 말이 끝나기가 무섭게 철문이 열리며 '끼익' 하는 소리가 들려왔다.

"말씀하신 지 3초 만에 인기척이 느껴지는 걸 보면 정말 그런 것 같네요~"

"뭐… 담배라도 피우려고 왔을 테니, 좀만 기다리면 될 겁니다."

"선배, 역시 여기 계셨네요."

"윤 검사님께서 담배를 피우시는지는 몰랐네요."

"예? 제가 담배를 피우다니요? 선배, 대체 무슨 이야기를 하고 다니시는 거예요?!"

"그런 거 아니니까, 열 내지마."

"그럼 뭔데요?"

"몰라도 돼."

"제 이야기인데 몰라도 된다니요?"

"그냥 수사관님이랑 할 이야기가 있었는데 갑자기 불청객이 끼어들었다는 말이야. 됐냐?"

"제가 불청객이란 말씀이세요?"

"아니, 그냥 말이 그렇다고. 갑자기 누가 올라와서 담배나 피러 왔을 테니 잠시 기다리자고 했을 때 니가 나타나는 바람에 그런 말이 나온 거니까, 안 그래도 머리 아파 죽겠는데 제발 그만 좀 따져. 근데 넌 왜 온 거야?"

"심각한 표정으로 나가셨으니 무슨 일이 생겼나 싶어서 따라온 거죠. 아까 그 강혁범이란 사람 때문에 그러세요?"

신뢰해도 되냐는 듯 이쪽을 바라보는 수사관에게 고개를 끄덕이며 말했다.

"어. 보통 일은 아닌데, 내가 어찌할 수가 없어서 고민이야."

"무슨 일인데요?"

"간단하게 말하면 전에 맡았던 납치 사건의 주범을 놓쳤어."

"예?! 그럼 큰일이잖아요! 얼른 보고를 해야 하지 않아요?"

"그게 문제야, 인마. 너도 알다시피 기밀인 사건이야. 당연히 난 그 사건에 대해서 몰라야 되는데, 내가 무슨 수로 보고를 해. 너도 다나 씨한테 들어서 이게 어떤 일인지 알 거 아냐?"

"다나요? 갑자기 다나가 왜 나와요?"

아… 내가 정신이 없긴 한가 보네.

"아냐, 아무 일도. 말이 헛나갔다."

"흐응~ 다나가 십년지기 친구인 저한텐 알려주지 않은 사실을 선배한텐 말했나 보네요."

"그런 거 아니라니까……."

"선배, 선배의 장점이자 단점이 뭔 줄 아세요? 거짓말을 하면 지금처럼 티가 난다는 거예요."

그럴 리가 있겠니…….

"몰라. 하여튼 지금 그것 때문에 수사관님과 고민 중이니까, 알았으면 넌 이제 내려가 봐."

"선배. 너무하세요."

"뭘 너무해. 또 이러다 팀장님께 한 소리를 들으려고 그래?"

"걱정 마세요. 제가 선배인 줄 아세요. 공판부에 자료 넘기러 간다고 보고드리고 나왔어요."

"수사관님, 이러다 시간만 낭비할 것 같은데 이 녀석은 신경

끄고 어떻게 할지 상의나 하죠."

"예, 근데 그전에 그 편지를 보낸 자가 정말 운송책이었을까요?"

"강혁범이 자살을 하려고 했던 걸 보면 분명 운송책이 맞을 겁니다. 수사관님도 아시잖아요."

"운송책이라뇨? 그게 누구예요?"

"그게… 윤 검사님께선 모르실 겁니다."

"아뇨. 저 녀석도 그 사건에 대해서 대충 알고 있어요. 저희한테 협조해 준, 국과수에서 일하는 아가씨가 윤 검사 친구거든요."

"그렇습니까?"

"예, 운송책이 누구냐면 아까 말한 내가 놓쳤다는 주범이야."

"그럼… 이번 속보에 나온 손가락 소포 사건은 빙산의 일각이었다는 거네요?"

그래, 빙산의 일각이지. 미래에서처럼 놈이 또 그 미친 짓을 벌인다면 그렇고말고…….

"그래, 더 큰 문제는 내가 검찰 쪽엔 이 사실을 말할 수 없다는 거야."

"기밀이라서요?"

"응. 참 뭐 같다."

"그냥 나서면… 아니, 이번엔 그냥 그 형사님을 믿어보시는 게 어떠세요?"

"윤 검사님 말씀대로 괜히 나섰다간 검사님만 위험해지실 겁니다."

수사관은 처음부터 이 말을 하려고 했던 건가?

"제가 박 반장님을 볼 면목이 없네요."

"박 반장님께서 어떤 분이십니까. 알아서 잘 해결하실 겁니다."

"그렇겠죠?"

"예. 물론이죠."

"그래요. 선배, 모든 사건을 선배가 맡을 순 없잖아요."

"글쎄… 잘 모르겠다."

"검사님…"

"알겠어요. 일단 그렇게 하죠. 하지만 정 아니다 싶으면 나설 겁니다."

"예, 그땐 저도 도와드리겠습니다."

"그럼 저는 반장님께 알려 드리고 내려갈 테니, 윤 검사랑 수사관님은 먼저 내려가세요."

*　　　*　　　*

세상일은 한 치 앞도 모른다고 했던가? 눈을 뜨자마자 습관처럼 집은 신문 1면을 보니 엊그제, 수사관과 지민이와 나눴던 대화가 우스울 지경이다.

'검찰! 강 의원 사건 은폐 의혹'이라… 대체 누가 신문사에 정보를 흘린 거지? 국과수? 남부 경찰서? 어쩌면 검찰일지도.

추측을 해보려고 했지만, 짐작 가는 곳이 한둘이 아니다.

"이미 터진 마당에 누가 보낸 게 무슨 상관이겠어. 이거 또 한바탕 떠들썩해지겠구만……."

역시나 출근을 하니, 우리 팀의 정보통이라 불리는 백지만 실무관이 후임인 나예민 실무관을 붙잡고 열심히 신문 기사에 대해 떠들고 있었다.

"그러니까, 그 발견된 손가락이 이번이 처음이 아니었던 거지."

"하지만 그런 상황이면 미리 언론에 공개를 하지 않았을까요?"

"야, 다른 문제도 아니고 정계에서 힘깨나 쓰던 강 의원 살해 사건이야. 잘못했다가는 검찰총장 옷 벗는 건 시간문제인데, 함부로 공개했겠어?"

"그냥 루머 아닐까요?"

"아~ 참, 다른 곳도 아니고 고려신문이야. 그런 대형 신문사에서 설마 루머만 듣고 1면에 냈겠냐? 그러다 잘못되면 이미지 훅 가는 거 제일 잘 아는 놈들이?"

"흐음… 선배 말대로 그렇긴 한데……,"

"안녕하세요. 오늘도 두 분이 제일 먼저 오셨네요?"

"안녕하세요. 검사님."

"아, 안녕하십니까. 최 검사님."

"근데, 무슨 이야기들을 그렇게 열심히 하고 계신 거예요?"

백 실무관이 짧은 머리를 긁적이며 신문 1면을 가리켰다.

"오늘 아침에 실린 이 기사 때문에요."

"엘리베이터에서도 온통 그 이야기뿐이던데, 저희 사무실도 다를 게 없네요."

"잘못하면 청문회까지 열릴지도 모를 사건이니, 그럴 만도 하지 않습니까?"

"그렇긴 하네요."

"검사님께선 어떻게 생각하십니까?"

"아니 땐 굴뚝에 연기가 날 리 없으니, 다 맞진 않아도 어느 정도는 사실이 포함돼 있지 않을까요?"

"역시 검사님도 그리 생각하시는군요."

"예, 뭐… 그렇죠."

자신과 의견이 일치해서였을까? 백 실무관은 집요하게 계속해서 사건에 대한 이야기를 해왔다. 그런 그를 계속 상대하다간 팀장이 회의를 마치고 올 때까지 자리에 앉지 못할 것 같아 대충 둘러대며 자리를 피했다.

그 후 10분쯤 흘렀을 때 평소보다 일찍 출근한 수사관이 주위를 두리번거리더니, 곧장 내게로 달려왔다.

"안녕하세요, 수사관님."

"예… 안녕하십니까. 검사님. 신문 보셨습니까?"

"그럼요. 봤죠. 근데 굳이 신문이 아니더라도 그 내용을 모를 수가 없던데요?"

"너무 태평하신 거 아닙니까? 설마 검사님께서……."

"오늘따라 수사관님답지 않게 너무 앞서가십니다. 설마 제가 그랬을 리가 있겠습니까."

"죄송합니다. 너무 뜻밖의 일이라 혹시나 싶어서요… 아니라니 정말 다행입니다."

"걱정해 주셔서 감사합니다."

"뭘요. 그런데 대체 누가 신문사에 알린 걸까요?"

"글쎄요. 안 그래도 계속 고민을 해봤었는데, 짚이는 곳이 너무 많아서 짐작도 못 하겠더라구요. 다만 박 반장님은 아닌 게 확실합니다."

"왜 그렇게 생각하십니까?"

"제가 곤란해질 거라는 걸 잘 아시는 분이시니까요."

"너무 믿고 계신 거 아닙니까?"

"단순한 믿음만은 아니에요. 일이 잘못되면 수사권을 뺏길 수도 있는데 박 반장님께서 그걸 모르고 계시진 않을 테니까요."

"하긴 운송책을 놓쳤다고 그렇게 분해하셨던 분이 스스로 화를 자초하진 않으셨겠네요."

"예, 그리고 지금 중요한 건 누가 신문사에 알렸냐가 아닙니다."

"그럼 뭐가 중요합니까?"

"그야 당연히 대검에서 어떻게 나오냐가 중요하죠. 사실대로 밝힐 것이냐, 아니면 모르쇠로 일관할 것인지."

"만약 사실대로 밝힌다면 어떻게 될 것 같습니까?"

"청문회가 열릴 가능성이 가장 높습니다. 그럼 저희도 나가게 될지도 모르구요."

"그건… 전 사양하고 싶네요."

"저도 마찬가지입니다. 하지만 제 생각엔 밝힐 가능성이 더 높아요."

"왜죠?"

"누구인지는 모르지만 기사 내용을 보면 사건의 정황을 다 알고 있는 자예요. 그럼에도 불구하고 신문사에는 사건의 일부만 밝혔어요. 아마도 일종의 경고일 겁니다. 물론 대검 쪽에서도 그 사실을 알고 있을 테니, 숨기기엔 부담스러울 겁니다."

"흐음… 검사님의 말씀대로 일이 진행된다면, 골치 아파지겠네요."

"단순히 골치 아파지는 정도가 아니라, 고생깨나 해야 할 겁니다. 미리 말씀드리는데, 알고 있었다는 내색도 하시면 안 됩니다. 실수로라도 그랬다간… 다음 날부터 새 직장을 알아봐야 할 테니까요."

"그건 걱정 마십시오. 이거 청문회가 열리기 전에 미리 입이라도 맞춰놓을까요?"

분위기를 풀어보려는 듯 수사관이 농담을 해왔지만, 어째 농담처럼 들리지가 않는다.

"어쩌면 그러는 게 나을지도 모르겠네요."

* * *

"결국은 이렇게 되나?"

회의를 마치고 돌아온 곽 팀장이 TV에서 흘러나오는 긴급 기자회견 장면을 보고는 혀를 끌끌댔다.

[안녕하십니까. 검찰총장 성시범입니다. 이렇게 갑자기 기자회견을 열게 된 것은 강 의원 살해 사건을 둘러싼 오해를 풀기 위해서입니다. 본론부터 말씀드리면, 현재 매체를 통해 알려진 강 의원 사건을 은폐했다는 보도는 사실이 아닙니다.]

[고려신문의 박대준 기자입니다. 말씀 중에 죄송하지만, 저

희가 받은 첩보에 의하면 이번 남부 경찰서로 온 소포에서 발견된 손가락이 강 의원 살해 사건과 연관이 있다고 들었습니다만, 검찰총장님께선 명백한 증거가 있는데도 은폐를 하려고 한 게 아니라고 주장하시네요. 아니면, 설마 검찰 측에선 이 사실을 아예 알지 못했던 겁니까?]

[예, 알지 못했습니다. 어젯밤에서야 고검으로부터 두 사건이 연관이 있다는 보고를 받았습니다. 그리고 오늘 그 사실을 공표하려고 했는데, 벌써 이 사달이 나 있었습니다. 즉, 검찰 혹은 공조 수사 중인 기관의 인물이 사건에 관한 기밀을 함부로 외부에 유출시켰다고밖엔 볼 수 없겠죠.]

검찰총장의 뜻밖의 말에 기자들의 질문 세례가 이어졌다.

[그 점에 대해선 더 이상 코멘트를 하지 않겠습니다. 제가 확실히 말씀드리고 싶은 건 검찰은 강 의원의 사건을 은폐하려던 것이 아니라는 것입니다.]

[검찰총장님, 은폐를 하려던 것이 아니라면 소포 사건은 둘째 치고라도 강 의원의 손가락이 발견됐다는 것은 왜 감춘 겁니까?]

[감춘 게 아닙니다. 사건을 수사 중이던 특수부가 갑자기 해체를 하게 되는 바람에 그 시기를 놓쳤을 뿐입니다. 그리고 그 점에 대해선 검찰의 수장으로서 책임을 통감하고 있습니다.]

[결국 특수부가 해체되면서 검찰이 수사에 난항을 겪고 있

는 것처럼 들리는데요?]

[맞습니다. 따라서 그 점을 바로잡을 겁니다.]

[바로잡는다고 하셨는데, 기존 해체된 특수부를 다시 부활시키기라도 하실 생각이십니까?]

기자의 비꼬는 말에 검찰총장의 미간에 잠시 주름이 잡혔다가 사라졌다.

[아니요. 국민들에게 부패의 산물이라는 오명을 받고 해체된 특수부를 다시 부활시키다니, 그건 말도 안 되는 이야기입니다.]

[그럼, 어느 팀이 맡아도 인수인계를 받는 데에만 수일이 지날 텐데요? 그땐 범인이 한국에 없을 가능성이 높지 않겠습니까?]

[그래서 특수부가 이 사건에 개입하기 전, 사건을 담당했던 부서로 다시 이송을 하려고 합니다.]

[특수부가 사건을 맡기 전이라니 그게 무슨 말씀이십니까?]

지금 뭐라고 하는 거야?

[강 의원이 연루된 사건이라 일반 지검에서 맡기엔 무리가 있다 판단하에 제 직권으로 특수부에 사건을 이관했으나, 특수부가 해체된 현 상황에서 가장 적임은 처음 이 사건을 맡았던 지검이라 판단됩니다. 즉, 남부지검에 사건을 다시 맡길 것입니다.]

"허허… 뒤가 구린 사건이구만. 뭐를 감추려고 저리 급하게 논점을 돌리실까?”

곽 팀장의 말대로 기자들의 질문은 은폐 의혹에서 다시 사건을 맡게 되었다는 남부지검 부서에 대한 질문으로 바뀌어 있었다. 그리고 잠시 후, 수많은 질문 세례를 받던 검찰총장은 기자회견을 마친다는 이야기를 꺼냈다.

“누군지 몰라도 참 불쌍하구만. 쯧쯧… 이런 상황에서 다시 사건을 맡게 되다니 독박을 제대로 쓰게 생겼어…….”

그게 자신이라는 사실은 꿈에도 모르는 곽 팀장이 어이없어하며 웃음을 터뜨렸다.

“저기, 팀장님.”

“응? 왜? 심각한 상황에서 웃어서 기분이 나빴나?”

“아니요. 그게 아니라 지금 검찰총장님께서 말씀하시는 사건, 제가 맡았던 사건 같습니다.”

“뭐? 최 검사? 갑자기 그게 무슨 말도 안 되는 소리야? 여기 온 지 반년도 안 된 자네가 저런 큰 사건을 맡았을 리가 없잖아.”

“죄송하지만 여기선 말씀드리기 어려울 것 같습니다. 잠시 독대를 할 수 있겠습니까?”

“하아… 따라와.”

그 말을 하고 빠른 걸음으로 사무실을 나서는 팀장을 따라 도착한 곳은 주차장이었다.

"뭐 해? 타지 않고."

"죄송합니다."

중형 세단의 운전석에 앉는 곽 팀장의 모습을 보며, 보조석 문을 열었다.

"그래. 어디 한번 말해봐. 대체 어떻게 된 일이야?"

"그게, 사실 며칠 전에 남부 경찰서에서 제가 맡고 있던 간통 사건 증거를 확보했다는 연락을 받고 경찰서에 다녀온 적 있습니다."

"그래서?"

"그때, 증거를 확인하고 경찰서를 나서려는데 강력 3팀 형사 한 명이 웬 소포를 하나 들고 들어왔습니다."

"소포?"

소포라는 말에 눈을 가늘게 뜬 곽 팀장이 나를 노려봤다.

"설마, 그 소포에서 발견된 게 손가락이야?"

"예, 맞습니다."

"뭐?! 왜 그걸 지금에 와서 말하는 거야! 미쳤어, 이 자식아!"

"죄송합니다. 하지만 저로서는 그럴 수밖에 없었습니다."

"말도 안 되는 이유를 지껄일 거면, 그냥 지금 올라가서 시말서나 쓰는 게 나을 거야. 말해봐."

"예, 그 소포를 보낸 사람 이름이 제가 맡았던 사건의 피해자였습니다."

"어떤 사건?"

"작년에 해결했던 인신매매 사건입니다."

"그 특수부로 넘어갔다던 그 사건?"

"맞습니다."

"그러니까, 지금 남부 경찰서로 온 소포가 하나가 아니라 두 개였고 남부 경찰서가 아닌 대검 쪽에서 그 사실을 은폐했다? 그래서 넌 보고를 할 수 없었던 거고?"

"예. 본의 아니게 속이게 된 점 사죄드리겠습니다."

"됐어. 사과할 거 없어. 내가 너였더라도 그게 최선이었을 테니까. 근데 대검이라는 건 어떻게 안 거야?"

"인신매매 사건과 관련이 있는 증거였지 않습니까. 남부 경찰서에서 증거를 확인해 줄 수 없다는 연락이 왔을 때, 대검이라는 걸 눈치챘습니다."

"씨발… 결국엔 그걸 숨기려고 이렇게 우릴 방패막이로 이용한 거구만."

"그럴 겁니다. 검찰총장님도 상당히 급했을 겁니다."

"그건 또 무슨 말이야?"

"이번 신문 기사 내용을 보면 기사를 보낸 자도 소포가 두 개였다는 걸 알고 있으니 급하지 않다는 게 오히려 이상하지 않겠습니까."

"알고 있다고?"

"예. 신문사에선 그냥 좋은 특종거리로만 생각하고 내막도 모른 채 기사에 냈겠지만, 처음 인신매매 사건 피해자의 이름을 모른다면 강 의원 사건과 이번 사건이 관련이 돼 있다는 걸 알 수 없을 테니까요."

"허… 기가 막히는구만… 그래, 맞아. 이런 연결 고리를 알지 못한다면 강 의원의 손가락이 발견됐다고 해도 두 사건을 바로 연결 지을 수는 없지. 헌데 왜 그 사실을 빼놓고 알려준 걸까?"

"그건 잘 모르겠습니다."

"흐음… 대검에서 수사를 못 하게 막으려고 했을 가능성이 가장 높긴 한데… 지금 와서 그게 다 무슨 소용이겠어? 안 그래?"

"괜히 저 때문에… 팀장님까지 이런 일에 휘말리게 만들어서 죄송합니다."

"아냐. 그런 말 마라. 오랜만에 재미있어질 것 같아. 일단 들어가서 팀원들과 회의를 해보자구."

"예."

지이잉— 지이잉—

"팀장님. 핸드폰이 울리는 것 같습니다."

"젠장. 회의는 나중에 해야겠어. 지검장님 호출이시다."

5장

떠넘겨진 사건

"그럼, 저 먼저 사무실로 올라가보겠습니다."

"어, 그래. 그리고 긴급 상황이니까, 나 올 때까지 다들 어디 가지 말고 사무실에서 대기하라고 해."

"알겠습니다. 그럼 사무실에서 뵙겠습니다."

알겠으니 어서 가보라는 듯 손을 휘휘 젓던 곽 팀장은 곧바로 통화 버튼을 눌렀다.

"예, 지검장님. 곽만호입니다. 지금 바로 지검장실로요? 무슨 일 때문에 그러십니까?"

아무것도 모르는 척 통화를 하는 곽 팀장을 뒤로한 채 사무실에 도착하자, 지민이 녀석이 발을 동동 구르며 무언가를 찾는 것처럼 두리번거리고 있었다.

"뭐 해, 거기서? 뭐 잃어버린 거라도 있어?"

"선배! 누구 때문에 제가 이러고 있었는데 그게 걱정하는 사람한테 할 말이에요?"

"미안하게 괜한 걱정을 하고 있으니까 그렇지."

"그럼? 팀장님과 가셨던 일은 잘 해결된 거예요?"

"어, 사정을 말씀드리니까 이해해 주시더라구."

"근데 팀장님께선 왜 같이 오시지 않으신 거예요?"

"지검장님께 연락이 와서 지금 통화 중이셔."

"지검장님이요? 왜요?"

"그만 좀 물어봐라. 왜겠냐?"

"이번 사건 때문이겠죠……."

"잘 알면서 꼭 물어봐야 직성이 풀리냐."

"궁금하니까 그렇죠. 솔직히 선배도 맨날 이것저것 물어보시면서, 서운하게 저만 그러는 것처럼 말씀하세요……."

"알았어, 알았어. 미안해. 아무튼 팀장님께서 돌아오시면 회의를 하신다니까 급한 거 아니면 괜히 움직였다 혼나지 말고 그냥 사무실에 있어."

"예, 그럼 들어가죠."

"응."

지이잉— 지이잉—

지민이 문을 열려는 순간, 타이밍 좋게 핸드폰 진동음이 들려왔다. 잠시 자신의 핸드폰을 확인하던 지민은 곧장 손을 들어 내 외투를 가리켰다.

"선배 핸드폰인 것 같은데요."

"어, 잠시만."

홍다나?

"여보세요."

—안녕하세요. 검사님.

"예, 오랜만입니다. 근데 어쩐 일로 다나 씨가 제게 먼저 전화를 주셨습니까?"

다나라는 말에 지민이 궁금한 눈빛으로 자신이 아는 그녀가 맞냐고 속삭여 왔다. 나이에 맞지 않게 귀여운 후배에게 고개를 끄덕이며 다나 씨의 대답을 기다렸다.

—그게… 실례라는 건 알지만 꼭 여쭤봐야 할 것 같아서요.

"안 어울리게 왜 그러십니까? 항상 당당하셨던 분이 그러니까 왠지 느낌이 좋지 않은데요. 무슨 일 때문에 그러세요?"

—그럼 검사님 말씀처럼 그냥 단도직입적으로 여쭤볼게요. 이번 신문사 보도 혹시 검사님께서 하신 겁니까?

예상은 했지만, 내가 그리 신뢰를 주지 못했던 건가? 조금 서운해지려고 하네…….

"아니요. 전 오히려 다나 씨께서 하신 게 아닌가 생각했었는걸요."

―정말 아니십니까?

"예, 제가 왜 그런 짓을 했겠어요. 더군다나 다나 씨와 약속까지 하지 않았습니까?"

역시나 믿지 못하는 것인지 수화기 너머에선 긴 한숨 소리가 들려왔다.

―하지만 검사님이 아니라면…….

"선배, 잠깐만 바꿔주세요."

"어? 야, 인마!"

순식간에 벌어진 일에 당황하는 사이, 지민이 녀석은 벌써 핸드폰을 귓가에 가져다 대고 있었다.

"야, 홍다나. 죽을래?"

그건 내가 너한테 하고 싶은 말이다… 윤지민.

"아니라고, 응. 어제 선배랑 이야기 끝냈어. 선밴 그냥 남부경찰서에 맡기려고 했는데 이런 일이 터진 거야. 그래. 그러니까 괜한 사람 잡고 화풀이하지 마시죠."

그렇게 잠시 다나 씨와 이야기를 나누던 지민이 녀석이 흥분하며 쏘아붙였다.

"그리고 너, 다 알고 있었으면서 나만 쏙 빼놓고! 이번 주말에 만나면 각오 단단히 하는 게 좋을 거야. 몰라! 끊어, 지지배야!"

"후우… 너부터 각오 단단히 하는 게 어때? 선배가 통화를 하는데 이렇게 덥석 핸드폰을 뺏어 가?"

"죄송해요. 선배… 듣다 보니까 화가 나서 그만… 그리고 선배가 그러실 리 없잖아요~ 안 그래요?"

얘가 또 사람 마음 약해지게 만드네.

"아휴… 됐다. 다음부턴 이러지 마라? 또 이러면 그땐 정말 이렇게 안 넘어가?"

"네~ 팀장님 오시기 전에 얼른 들어가요."

"그래. 들어가자."

사무실에 들어서니, 모두가 궁금해 죽겠다는 눈빛으로 우리를 바라보고 있었다. 왜 안 그럴까? 그저 내가 상사인 탓에 선뜻 물어보지 못하는 것뿐이지, 물어보고 싶은 것이 태산일 텐데.

얼굴들을 보니 다들 담당 수사관인 오 수사관이 묻기를 바라고 있는 듯했지만, 이미 내용을 알고 있는 그녀는 그저 걱정스러운 표정으로 나를 바라볼 뿐 사무실 사람들의 기대에 부응하지 못하고 있었다.

"저… 검사님……."

이런, 차 수사관이 총대를 메는 건가.

"왜 그러십니까?"

"아니, 그게 갑자기 팀장님께서 지검장님을 만나고 계신 점도 그렇고, 혹시 아까 기자회견에서 언급된 사건을 정말 저희가 맡게 되는 겁니까?"

모두들 불안한 눈빛으로 내 입이 열리기만을 기다렸다.

"아마도 그렇게 될 것 같습니다. 그렇지 않다면 팀장님께서 갑자기 지검장님께 불려가진 않았을 테니까요."

"그럼 이제 어떻게 진행이 되는 겁니까?"

"저도 그것까진 모르겠습니다. 지검장님을 만나고 팀장님께서 돌아오시면 말씀해 주실 겁니다."

*　　　*　　　*

"자, 다들 이게 무슨 일인지 얼떨떨할 텐데 간략하게 현 상황에 대해서 설명을 하고 바로 회의를 시작하겠습니다."

사무실로 돌아온 곽 팀장은 팀원들의 불안감을 없애려는 듯, 평소엔 잘 보이지 않는 미소까지 지어 보이며 이야기를 시작했다.

"작년 말에 최 검사가 대규모 인신매매 집단을 검거했을 당시 그 일당들의 배에서 손가락이 하나 발견되었는데, 그것이 지금 이 나라를 떠들썩하게 만들고 있는 강 의원 살해 사건의 증거였습니다. 다시 말해, 오늘 긴급 기자회견에서 검찰총장이 언급한 남부지검의 수사팀은 강력 5팀이었습니다. 따라서 앞으로 강 의원 사건은 우리 강력 5팀이 수사를 진행하게 될 겁니다."

"저, 팀장님. 그럼 신문 기사대로 남부 경찰서에 배달된 소포가 강 의원 살해 사건과도 확실한 연관성이 있는 겁니까?"

"그래요. 물론 현재 언론에 공개된 그 소포는 아닙니다."

"그럼, 이번이 처음이 아니란 말씀이십니까?"

"예, 차 수사관의 말처럼 처음이 아닙니다. 제가 지검장님께 들은 바로는, 워낙 극비리에 수사 중인 건이라 외부에는 밝히지 못했지만 남부 경찰서에서 소포가 배달된 후 수사를 진행하기 전에 이미 다른 소포가 남부 경찰서로 도착했었습니다. 그리고 그 소포에서 나온 단서로 인해 두 사건의 연관성이 확인됐습니다."

거기까지 말한 팀장이 검지로 나를 가리켰다.

"최 검사. 회의에 들어가기 앞서 자네가 직접 설명해 주게. 아무래도 이제 막 사건을 접한 나보단 그 편이 낫지 않겠나?"

"예, 알겠습니다."

최대한 간략하게 팀원들에게 이번 사건에 대한 설명을 끝내자, 모두들 복잡하게 얽히고설킨 사안으로 인해 어안이 벙벙한 모습이었다.

하긴, 직접 사건들을 겪은 당사자가 아니었다면 나 역시 저들과 똑같은 표정을 하고 있었을 것 같다.

"이거… 그러니까, 그 운송책이라는 자가 벌인 일 같다?"

"예. 팀장님."

"자네, 이제 보니 사건이 터지기 전부터 다 알고 있었구만."

"그게 실은, 같이 수사를 진행했던 박 반장이 손가락 살인사건 사건을 수사하게 됐다고 해서 도움을 줄까 하고 몇 가지 의문점을 조사하다 보니 알게 되었습니다."

"이건 그 정도가 아닌데? 혹시 자네가 신문사에 퍼뜨린 건 아닌가?"

"예?"

"농담일세. 그만큼 자세히 알고 있단 말이야. 혼자 속으로 고생이 많았겠어."

팀장의 눈빛을 보니, 농담이 아닌 것 같다. 그냥 적당히 속일 걸 그랬나, 이거 괜한 오해를 사게 됐구만. 아니, 같은 팀을 속여서 놈을 놓칠 바엔 차라리 오해를 사는 편이 낫겠지.

"자, 다들 어떤 식으로 수사를 진행할지 의견을 내보세요. 최 검사. 자네부터 말해보게."

"일단은 첫 번째 희생자를 수사했던 담당 형사를 만나는 게 좋을 것 같습니다."

"첫 번째 희생자라면, 8년 전에 살해당했다고 하지 않았나?

아직까지 해결되지 않은 걸 보면, 만나봐야 별다른 소득도 없을 것 같은데? 오히려 두 번째 희생자나 강 의원을 파고드는 편이 낫지 않겠어?"

"두 번째 희생자나 강 의원과는 다른 점이 조금 있어서 그 점을 파고들려고 합니다."

"다른 점이라니?"

"일단, 8년 전 사건이라는 점이요."

"응? 최 검사. 이 사람아, 대체 그게 무슨 차이가 있다는 거야?"

"팀장님께서 저보다 더 잘 아시겠지만, 연쇄살인범들의 가장 큰 특징은 갈수록 범행이 완벽해진다는 거잖습니까."

"허허… 첫 범행이니, 최근 사건보다는 허점이 많을 것이다?"

"예. 제 생각에 놈은 갑자기 살인을 다시 벌인 것이 아니라, 8년 동안 준비를 해온 것이 아닐까 싶습니다."

"흐음… 그렇다면 강 의원을 살해하지 않아야 맞지 않나? 아무리 머리가 나쁘다고 해도, 뉴스에서 빈번하게 얼굴이 노출된 양반을 모를 리가 없지 않나. 더군다나 강 의원의 집 근처에서 살해를 했어."

"그건 계획되어 있지 않았던 게 아닐까요?"

"계획되어 있지 않았다니? 자네 말이 다르지 않는가. 방금

까진 8년 동안이나 준비를 했을 거라면서?"

"계획이라는 게 왜 계획이겠습니까?"

"그럼 강 의원을 살해한 것은 범인이 의도한 게 아닐 거란 말이군. 그렇게 짐작하는 이유도 있겠지?"

"예, 놈이 왜 손가락에 집착을 하는지는 모르겠지만 다른 두 사건의 손가락은 부패를 막는 약품이 담긴 유리병에 넣어 보관을 했습니다. 마치 귀중한 보물이라도 되는 것처럼요."

"헌데 강 의원의 손가락만은 부패가 심하게 된 채 배 안에서 발견됐으니, 계획된 것은 아니다?"

"팀장님께서 말씀하신 그대로입니다."

"허허… 맞아. 그럴듯해. 근데 말이야. 자네 말대로라면 강 의원 사건 역시 허점이 발견되지 않겠나?"

"맞습니다. 하지만 대검 특수부에선 강 의원 사건에 초점을 맞춰서 사건을 진행했습니다."

"그런데도 단서조차 발견되지 않았으니, 아직 미숙하던 살인마 놈의 발자취를 되짚어보겠다는 건가. 좋아. 다른 팀원들은 아직 이 사건에 대해서 파악하기도 벅찰 테니 그건 자네가 직접 맡게."

"알겠습니다."

"알겠다는 사람이 왜 계속 앉아 있어?"

"지금 바로 말입니까?"

"그럼 언제 시작하려고 했나? 수사는 내가 이 방에 들어오는 순간부터 시작됐어. 가봐."

"알겠습니다. 수사관님 가시죠."

"예, 검사님."

*　　　　*　　　　*

"언제 그런 생각들을 다 하신 거예요? 저한텐 그런 말씀하신 적 없으셨잖아요?"

섭섭하다는 듯 눈을 흘기는 수사관에게 멋쩍은 웃음을 지으며 넘어가 보려고 했지만, 턱도 없는 일이었다.

"왜요? 이젠 제가 우습기까지 한가 봅니다?"

"그런 거 아니니 오해 마세요. 가뜩이나 제가 사건을 맡을까 노심초사하시던 수사관님께 걱정을 끼치고 싶지 않았을 뿐이니까요."

"정말요?"

"예, 그리고 그런 말을 하다 보면 정말로 사건에 미련이 남아서 견딜 수 없겠다 싶기도 했구요. 뭐, 이젠 그런 고민을 하지 않아도 돼서 다행이라고 해야 할지……."

"제 생각엔 다행인 것 같습니다."

"왜 그리 생각하십니까?"

"이번 사건을 맡지 못했는데, 만약에 범인을 잡지 못하게 됐다면 검사님께선 분명 후회하셨을 테니까요."

미해결 사건을 내가 맡게 됐다고 해결이 될까?

"글쎄요… 잘 모르겠네요."

"검사님, 너무 복잡하게 생각하지 마십시오. 그냥 늘 있던 것처럼 맡은 사건을 해결하는 것뿐이지 않습니까?"

"그러게요. 수사관님 말씀이 맞네요. 그럼 슬슬 가보죠."

"근데 그 담당 형사란 분께선 어디서 근무 중이신가요?"

"이제 알아봐야죠."

"예? 알고 계시는 것 아니셨습니까?"

"그럴 리가요. 제가 그걸 어떻게 알고 있겠습니까."

"그럼 지금 저흰 어디로 가고 있는 겁니까?"

"남부 경찰서요."

"박 반장님을 만나시려는 겁니까."

"예, 저희보다 먼저 수사를 진행했으니 뭔가 알고 있지 않겠습니까? 그리고."

말을 하며 남부 경찰서로 출발하기 위해 시동을 거는데, 수사관이 미소를 지으며 물었다.

"담당 형사에 대해서도 알아볼 겸요?"

"잘 아시네요."

이거 가는 날이 장날이라더니… 나만 그런 생각을 하고 있는 것은 아니었는지, 수사관이 곤란해하는 표정으로 이쪽을 바라봤다.

"다들 바빠 보이는데요?"

"그러게요, 수사관님. 이거 그냥 돌아가서 저희끼리 알아보는 게 나을 것 같은데요."

사람의 3분의 1 크기쯤 되어 보이는 박스를 나르는 형사를 보던 수사관이 난감해하는 목소리로 답했다.

"예, 검사님. 괜히 저희가 폐만 끼칠 것 같네요."

"박 반장님도 안 계신 거 같은데, 이만 돌아가죠."

그렇게 말하며 뒤를 돌았을 때, 낑낑대며 박스를 옮기는 민 형사의 모습이 눈에 들어왔다.

"민 형사님. 이리 주세요."

"안녕하세요… 검사님."

"인사는 나중에 하고 일단 박스부터 주세요."

"아닙니다. 제가 해야 할 일인데요."

괜히 여기서 더 나섰다간 내가 그녀를 더 힘들게 할 것 같다.

"민 형사님도 가만 보면 은근히 고집이 세십니다?"

"예? 아, 아닙니다."

"그럼 방해는 이쯤 하고 가볼 테니, 수고하세요."

"어? 그냥 가시게요?"

"왜요? 그냥 들어달라고 할 걸 후회돼요?"

"아니, 그런 게 아니라 밖에서 기다리고 계시던 거 같았는데 그냥 가신다고 해서 여쭤본 겁니다."

"다들 바쁘신 것 같아서요. 근데 무슨 일이라도 생긴 거예요?"

"그게 검찰총장님께서 기자회견을 하시고선, 1시간쯤 후에 저희 쪽에 갑자기 사건 인수인계를 한다고 서울 중앙지검 쪽에서 증거 자료를 가지고 와서 그렇습니다."

"아… 그랬군요."

"예, 혹시 팀장님 만나러 오신 거면 조금만 기다리시면 되는데, 괜찮으시면……."

"그 짐부터 넘겨주시면 한번 생각해 보죠."

"예?"

"사무실에 가져다 놓으면 되죠?"

얼떨결에 박스를 뺏긴 민 형사가 놀란 얼굴로 박스에 손을 가져다 댔다.

"안 그래도 됩니다. 제가 금방 놓고 반장님께 말씀드리겠습니다."

"그랬다간 한세월일 것 같아서요. 저도 바쁜 몸입니다?"

"죄송합니다."

"죄송하긴요. 얼른 다녀오세요."

고개를 꾸벅 숙인 민 형사가 2층 계단으로 달려가는 모습을 본 수사관이 묘한 미소를 지으며 말했다.

"저한텐 이러신 적 없지 않았습니까? 이거 참 서운한데요?"

"그렇긴 하죠. 자, 받으시죠. 사무실까지 옮겨 놓으세요."

"예?"

"농담입니다. 그리고 제가 도와드린 게 몇 번인데 없다고 하십니까? 저야말로 서운해지려고 합니다."

"이렇게 적극적으로 나서신 게 아니니 드린 말씀입니다."

"그랬나요? 그랬다면 제가 사과드리겠습니다."

"뭘요. 다음부턴 주의해 주시면 되죠."

하여간, 한 번을 안 져요.

* * *

"안녕하십니까!"

박스를 옮기고 5분쯤 지났을까, 계단을 내려오던 박 형사님께서 우리를 발견하고는 한걸음에 달려오셨다.

"안녕하세요. 반장님."

"예. 근데 민 형사 말로는 두 분께서 저를 보러 오셨다던데 여기서 이럴 시간이 있으십니까?"

"그게 무슨 말씀이십니까?"

"실은 방금 곽 팀장님과 통화를 하고 오는 길인데, 지금 그쪽도 사건 인수인계 때문에 지금 엄청 바쁘다고 들어서 말입니다."

"그래요?"

"표정을 보니, 전혀 모르셨던 모양입니다."

"예, 전 회의 중간에 팀장님 명령으로 나오게 되는 바람에 그것까진 몰랐습니다."

"허허… 팀장님 명령이라면, 팀장님께서 제게 언질을 주셨을 텐데… 혹 다른 이유가 있는 거 아닙니까?"

농땡이를 치고 있는 거 아니냐는 듯 형사님께선 짓궂은 미소를 짓고 계셨다.

"반장님께서 생각하시는 그런 이유는 아닙니다."

"오~ 아니십니까~? 그럼 뭣 때문에 바쁘신 분께서 저를 다 찾아오셨습니까?"

"정영민 군 살해 사건의 담당 형사님을 만나기 전에, 사건을 수사 중이던 반장님을 먼저 뵙는 게 예의인 것 같아서요."

"하아… 벌써 수사를 진행하시다니, 역시 검사님답네요."

"뭘요. 전 그저 팀장님 명령을 따르는 것뿐입니다. 어떻게 수사는 잘 진행되고 있습니까?"

"잘되고 있다고 하면 저도 좋겠습니다만… 놈이 의도적으로 남긴 단서 말고는 수사할 건덕지도 찾지 못했습니다."

며칠 전 이미 형사님과 통화를 했기에 대충 알고 있었지만, 혹시나 싶어 물어보았는데 역시나인가.

"반장님께서 그리 말하시니 앞으로 어떻게 수사를 해야 될지 막막해지네요."

"원래 이 바닥이 그렇지 않습니까. 이러다가도 단서 하나만 나오면 물꼬가 트인 것처럼 일사천리로 풀리는 게 다반사인 거 아시잖습니까?"

"그렇긴 하죠."

"근데, 이거 제가 반가운 마음에 사설이 길었네요. 담당 형사는 무슨 일 때문에 만나시려는 겁니까?"

"그야 당연히 당시 사건에 대해서 물어보려고 하는 거죠."

"그거라면 그쪽에서 보낸 자료가 저희한테 있으니 굳이 가실 필요 없을 겁니다."

자료를 봐도 별 소득이 없을 거라는 뉘앙스로 말씀하시는 걸 보면, 찾아가 봐도 건질 게 없다는 건가.

"민 형사."

"예, 팀장님."

"정영민 살해 사건 자료들 받은 거 정리해 뒀지?"

"예, 지금 뽑아 올까요?"

"그래, 뽑아 오고 검사님 이메일로도 보내 드려."

"알겠습니다."

"감사합니다. 반장님."

"뭘요. 안 그래도 인수인계가 끝나면 다 검찰로 보내 드리려고 했었습니다."

"근데 반장님께선 그 담당 형사를 직접 만나보지는 않으신 거죠?"

"예. 전화 통화는 했습니다만, 사건 피해자의 시신부터 찾으라는 청장님 명령 때문에 따로 만나볼 시간은 없었습니다."

흐음…

"이거 검사님 표정을 보니, 어째 만나보려는 것 같습니다."

"예, 반장님 말씀대로입니다. 팀장님께 담당 형사를 만난다고 나왔는데, 이렇게 들어갈 순 없지 않겠습니까?"

"그럼 유 형사를 붙여줄 테니 함께 갔다 오시죠."

"아닙니다. 바쁠 텐데 저 때문에 그럴 필요 없습니다. 위치만 알려주시면 됩니다."

"서울 쪽이면 저도 그냥 보내 드리겠는데 인천까지 가셔야 되니, 같이 다녀오시죠."

네비가 있는 마당에 형사님께서 이런 말을 할 이유가 없는데? 혹시 다른 생각이 있으신 건가?

"알겠습니다. 호의를 거절하는 것도 예의가 아닐 것 같네요. 그럼 그렇게 하겠습니다."

"그럼, 잠시만 앉아서 기다리시죠."

그렇게 기다리는 동안 형사님과 사건에 대한 이야기를 나누며 5분쯤 기다리자, 민 형사와 함께 오는 유 형사의 모습이 보였다.

"저기 오네요."

"예, 반장님. 그럼 이만 실례하겠습니다."

"잘 다녀오십시오. 유 형사, 검사님 잘 모셔."

"옙, 그렇게 하겠습니다."

"유 형사님. 갈 길이 먼데 슬슬 출발하죠."

"검사님, 제 차로 모시겠습니다."

하긴, 굳이 차를 두 대나 끌고 갈 필요는 없지.

"그럼 유 형사님, 죄송하지만 신세 좀 지겠습니다."

"신세라뇨. 모시게 돼서 영광입니다."

인천 중부 경찰서라… 창밖으로 경찰서 풍경이 보일 때 즈음 유 형사의 목소리가 들려왔다.

"도착했습니다."

"수고 많으셨습니다."

"아닙니다."

"그럼 슬슬 내리죠."

"저희가 서 앞에서 기다린다고 연락했으니 곧 나올 겁니다."

"그래요? 조금 기다려 보고 안 나오면 직접 가죠."

나와 있는 게 부담스러운 듯 가시방석에 앉은 것처럼 불편해하는 민 형사를 보면 한시라도 빨리 천 형사라는 자가 나왔으면 하는데…….

그런 생각을 하고 있을 때, 인천 중부 경찰서 중앙 문을 열고 나온 중년의 남성이 핸드폰을 꺼내는 게 보였다.

지이잉— 지이잉—

"여보세요. 예, 도착했습니다. 저흰 지금 서 앞에 있습니다. 알겠습니다. 검사님, 지금 밖에 나와 있답니다."

"예, 아무래도 저기 서 있는 저분인 것 같네요."

"검정색 점퍼를 입고 계신다고 했으니 맞는 것 같습니다."

*　　　*　　　*

"반갑습니다. 서울 남부지검 검사 최승민입니다."

"안녕하십니까. 인천 중부 경찰서 천기준 형사입니다. 먼 곳까지 오시느라 고생이 많으셨습니다."

"아뇨. 사실 서울에서 얼마나 걸린다고요. 제가 괜히 근무 중이신 천 형사님께 폐를 끼치는 건 아닌지 모르겠습니다."

"폐라니요. 이제라도 다시 정상적으로 수사가 진행된다고 해서 얼마나 다행인지 모릅니다. 사실, 그 학생을 그렇게 만든 놈을 잡기만 한다면 무슨 짓이라도 할 수 있을 것만 같은걸요."

무슨 짓이라도 한다? 천 형사의 분노에 찬 눈빛을 보니, 오면서 읽었던 정영민 사건 파일엔 적혀 있지 않은 다른 내막이 있을지도 모르겠단 생각이 들었다.

"그렇습니까… 하긴 저도 잠깐 사건 파일을 본 것만으로도 화가 치밀었는데, 직접 사건을 맡았던 형사님께선 오죽하시겠습니까."

"사실 살해당한 정 군도 안타깝지만, 그 사건 이후로 그 학생 집이 풍비박산이 났습니다."

"집이요?"

"자식을 잃은 부모 마음이 어떻겠습니까? 안 그래도 4대 독자에 늘그막에 얻은 자식이라 애지중지하게 키웠는데 그런 일을 겪었으니 사달이 안 나는 게 이상하죠."

"무슨 일이 있었던 겁니까?"

"사실 정영민 군의 집안은 검사님께서도 잘 아십니다."

"제가요?"

씁쓸한 미소를 지은 천 형사가 고개를 끄덕이며 답했다.

"여당 정근수 의원의 자식이었으니까요."

자리에서 벌떡 일어난 유 형사가 천 형사에게 소리쳤다.

"예?! 그렇다면 아무리 월드컵 당시라고 해도 이 사건이 이렇게 묻힐 리가 없잖습니까! 그리고 사건 파일엔 그런 내용은 왜 적지 않은 겁니까."

"형사님. 유 형사의 말대로 왜 그런 내용은 적혀 있지 않은 겁니까?"

"정 의원이 손을 썼습니다. 이런 사건에 연루되는 것을 원치 않은 모양인지, 죽은 자식의 호적까지 파내 버렸습니다. 거기에 충격을 받은 아내는 정 의원과 이혼하고 그대로 외국으로 떠나 버렸구요. 검사님께서 저를 만나러 온다고 했을 때 제가 얼마나 반가웠는지 모를 겁니다."

"이 사실은 외부에 발설되지 않은 채 수사 진행을 해야 한다는 거군요."

"예, 안 그럼 또 손을 쓸 테니까요. 말로만 국회의원이다 뭐다 들었지, 직접 겪으니 대단하더군요. 자식의 사건을 수사하는 형사를 막는 아비라… 참 웃기지 않습니까?"

"헌데, 그렇게 아들을 아꼈다던 정 의원이 왜 수사를 방해한 건지 조금 이해가 되지가 않네요."

"어쩌면… 정치적인 이유로 아들이 이용당하는 것을 바라지 않았을지도 모르지요. 여당 수뇌부 정도 되면 자신은 원하지 않더라도 주변에서 가만있지 않을 테니까요."

"그랬을지도 모르겠네요. 그래도 알려지지 않은 걸 보면, 바로 조치했다고밖에는 볼 수 없는데……."

"비정한 아버지라는 비판을 피할 순 없겠죠. 자식이 있는 제 입장에선 도저히 정 의원의 행동이 이해가 안 되니 말입니다. 하아… 영민 군의 집안 이야기는 충분히 말씀드린 것 같은데, 사건에 대한 이야기를 해드려도 되겠습니까?"

더 이상 이 이야기는 하고 싶지 않은지, 천 형사는 어색한 미소를 지으며 우리를 바라봤다.

"예, 그러시죠."

"8년이나 지난 오래전 기억이지만, 아직도 생생하기만 합니다. 신고를 받고 도착한 야산엔 범인의 족적까지 그대로 찍혀 있었으니까요."

"아, 사건 파일에서 족적으로 짐작했을 때 범인의 연령대가 30대 이상일 가능성이 높다고 적혀 있었던 걸 봤습니다. 혹시 그렇게 생각하시는 이유라도 따로 있으십니까?"

"그게 당시 족적을 국과수에 의뢰한 결과, 등산화의 밑창일 가능성이 높다고 하더군요. 보통 그런 신발은 젊은이들이 신지 않지 않습니까?"

"그렇긴 한데 사건 발생 지역이 야산이었으니, 범인이 혹 범행에만 사용하려고 일부러 구매했을 수도 있지 않습니까?"

"저도 당시에 그런 생각을 했었는데, 신발을 신다 보면 습관에 따라서 먼저 닳아버리는 부분이 있지 않습니까? 딱 그런 식으로 족적들이 하나같이 한 부분만 뭉개져 있더군요."

천 형사의 말도 일리가 있기 한데, 놈이 등산을 좋아했다면 하나쯤은 있어도 이상하지는 않아…….

"흐음… 그렇군요. 근데 천 형사님, 혹시 그것 말고 범인이 30대 이상일 거란 다른 물증이나 단서가 있었습니까?"

"아뇨. 특별히 그런 것은 없었습니다만……."

없었습니다만? 뭔가 있다는 거구만.

"괜찮으니까 걸리는 점이 있었다면 편히 말씀해 주세요."

"검사님께서 그리 말씀해 주시는 건 감사하나, 이게 그냥 제 심증이라서 말씀드리기가 꺼려집니다."

"지금 심정으론 지푸라기도 잡고 싶은 게 저입니다. 부탁드립니다."

"하아… 그러니까, 그게 영민 군 사건에 대한 건 아니고 다른 이야기입니다. 제 나름대로 강 의원 살해 사건으로 미루어 짐작을 해봤습니다. 왜 놈이 강 의원을 살해했을까 하고……."

설마, 운송책의 실책이라고 여겼던 내 생각이 틀린 건가?

"검사님께서 아실지 모르겠지만 8년 전, 강 의원과 정 의원은 지금은 없어진 정우리당이란 곳에 함께 몸을 담고 있었습니다."

정우리당이라면 야당 수장 김문도 사후에 해체된 당일 텐데? 그곳에 둘이 함께 있었다고? 그럼, 정치적인 목적으로 살인을 했다는 건가…….

"그 말은 범인이 정치적인 목적을 가지고 살인을 했다는 겁니까?"

"맞습니다. 영민 군이 살해당했을 당시엔 그저 미친놈이 살인을 벌인 사건이라고 생각했는데, 강 의원까지 살해를 당하니 정치적인 목적으로 계획적인 범행을 벌인 게 아닌가 싶습니다."

"죄송하지만, 철새 국회의원이라는 말도 있다시피 같은 당에 잠깐 있었다고 해서 두 의원을 노린 범행이란 건 조금 무리가 있는 것 같은데요?"

"그런 사이였다면, 검사님께 말씀을 드리지 않았을 겁니다. 실은 정 의원과 강 의원은 서로 비슷한 슬로건을 내세우며 정치 활동을 할 정도로 친분이 깊었습니다. 다만 김문도 의원이 별세한 뒤 뜻을 달리했을 뿐입니다. 검사님, 제 생각으론 범인은 정치에 어느 정도 관심이 있을 법한 나이일 겁니다."

"형사님의 말씀이 맞는 것 같습니다. 다만 걸리는 점이 하나 있는데, 두 의원은 형사님의 말씀에 따르면 김문도 의원의 별세 후 뜻을 달리했다고 했잖습니까?"

"예, 맞습니다."

"그렇다면 정치적 견해가 전혀 달라 서로 여야로 갈라섰다는 말이잖습니까? 그럼 범인이 지금에 와서 강 의원을 노렸다는 건 뭔가 이상한데요."

"대단하십니다."

"예?"

상황과 전혀 어울리지 않는 갑작스러운 천 형사의 칭찬에 고개를 갸웃거리자, 그가 멋쩍게 웃으며 사과를 해왔다.

"죄송합니다. 실은 제가 그런 생각을 할 때까지 꽤 오래 걸렸는데, 검사님께선 듣자마자 제게 질문을 하셔서 저도 모르게 그만……."

"아닙니다. 오히려 형사님께서 제 질문의 답을 알고 계시는 것 같아서 다행이란 생각뿐인걸요."

"그리 말씀해 주시니 감사합니다. 검사님 말씀처럼 뜻을 달리하긴 했지만, 그전에 정우리당에서 몸담았을 때 둘이 내세웠던 공약은 실천했었습니다. 그 일에 대한 복수로 정영민 군과 강 의원을 살해한 게 아닌가 싶습니다."

허… 정말 천 형사의 말대로 정치적인 이유에서 살인까지 벌였다면 제정신은 아닌 놈이겠구만. 하지만 지금으로선 이게 가장 가능성이 높아.

"잘 들었습니다. 제 생각도 그랬을 가능성이 높아 보이네요. 헌데, 혹시 사건 수사 과정에서 뭐 다른 특별한 점은 또 없었습니까?"

"예. 뭐 사건 현장에 대한 것들이나 다른 사항들은 사건 파일에 다 적힌 대로입니다."

"그럼 돌아가서 사건 파일을 자세히 읽어봐야겠군요. 오늘 이렇게 만나주셔서 감사합니다."

"아닙니다. 저야말로 묵은 이야기를 하고 나니까 가슴이 후련하고 좋은걸요."

그렇게 정영민 사건의 담당 형사였던 천 형사와의 대화를 마치고, 일행들과 함께 경찰서를 나와 주차장으로 향하고 있을 때였다. 누군가 아스팔트가 깔린 도로를 급하게 달리는지 '탁! 탁' 하는 발자국 소리가 들려왔다.

"검사님! 헉… 헉……."

천 형사? 고개를 돌린 곳엔 천 형사가 숨을 헐떡이며 떠나지 말라는 듯 오른손을 내밀고 있었다.

"무슨 일이신데 이렇게 급하게 달려오셨습니까?"

"깜박하고 말씀드리지 못한 게 있어서요… 헉……."

"괜찮으니까, 일단 숨부터 돌리세요."

"예… 휴… 예전엔 이 정도 거린 아무렇지도 않았는데, 나이가 먹었다는 게 느껴지네요."

"대신 부하들을 지휘하는 노련함을 얻지 않으셨습니까?"

"그렇긴 한데… 확실히 세상엔 공짜가 없나 봅니다."

"여유가 넘치시는 걸 보면 이제 괜찮으신가 보네요."

"아이고… 죄송합니다. 제가 이렇습니다. 말씀을 전하려고 이렇게 뛰어와 놓고 딴소리만 하고 있었네요."

사람 좋은 미소를 지으며 머리를 긁적이던 천 형사가 갑자기 진지한 눈빛으로 내게 말했다.

“조금 전에 기억이 났는데, 영민 군의 옷자락들이 처음부터 한곳에 모여 있던 게 아니었습니다.”

“예, 옷가지들이 주변에 널브러져 있었다고 저도 들었습니다.”

“그때 뉴스에 널브러져 있다고 보도가 된 것은 산을 오르던 등산객이 피가 묻은 옷가지들을 줍다가 정영민 군의 살해 현장을 발견했기 때문입니다. 그 부분은 제가 파일엔 적지 않았던 것 같아서요.”

“그러니까, 살해를 당했던 지역은 그곳이 아니라 그 근처일 수도 있단 말입니까?”

“맞습니다. 8년이나 지난 일이니 별 의미가 없는 일일지도 모르지만 검사님께서 알고 계시는 게 좋을 것 같아서요.”

“감사합니다. 수사에 많은 도움이 될 것 같습니다.”

“그리고 또… 이건 오래돼서 정확한 건 아닙니다만, 제 기억으로는 강 의원이 경찰서로 정 의원과 같이 왔었던 것 같기도 합니다.”

천 형사의 기억이 맞다면, 강 의원이 사건을 묻으려고 했던 정 의원과 경찰서까지 올 정도의 사이였다는 건가.

*　　　*　　　*

"이거 사무실에 들어가면 보고할 게 많겠네요."

"그러게 말입니다. 검사님껜 죄송하지만, 사실 별로 소득이 없을 거라 생각했습니다."

"그건 저도 마찬가지예요. 그런데 생각해 보면, 놈의 행적이 아닌 그저 영민 군의 이야기를 들었던 것뿐이잖습니까. 저희와 다르게 팀장님께서 심드렁하시지나 않을까 걱정이네요."

"에이, 그 내용이 예사 내용이 아니잖습니까. 거기다 점수를 따려고 이렇게 양손 가득 들고 가는데 설마 그러시겠습니까?"

간단한 요깃거리가 담긴 봉투를 들어 보이며 웃던 수사관이 입꼬리를 살며시 올리며 농을 해왔다.

"하긴 어쩌면 괜히 빨리 들어와서 보고나 할 것이지, 그런 건 왜 사오냐고 욕을 먹을지도 모르겠네요."

"그땐 수사관님의 제안이었다고 말할 작정입니다."

"남자가 돼서 쪼잔하게 정말 그러시는 건 아니시죠?"

남잔 뭐… 사람도 아닌가. 맨날 대범하고 관대하게…….

"사실이잖습니까? 사실을 말하는데 쪼잔한 게 어디 있습니까?"

"그래도 그건 아닌 것 같습니다."

지이잉— 지이잉—

"수사관님, 잠시만요. 여보세요."

—선배. 담당 형사는 만나신 거예요?

"어, 만나긴 했는데 왜 검찰청에 일이라도 생겼어?"

—아뇨… 그런 건 아닌데, 선배 나가신 후에 인수인계 때문에 한바탕 난리가 나서 지금 정신이 없거든요.

"정말?"

—네에… 제가 왜 거짓말을 하겠어요?

"그런 놈이 혼자 농땡이를 치고 있는 것 같아서 하는 말이지."

—농땡이라뇨? 이제 돌아올 시간이 된 것 같은데, 어디 계신 건지 소식이 없으시니 팀장님 명령으로 연락드린 건데요.

"정말? 얼른 팀장님께 연락해야겠다. 끊어라."

—선배!

"왜?"

—농담이에요…….

하여간, 서투른 거짓말은 매번 왜 하는지.

"허구한 날 선배를 놀려 먹으려고만 하고 잘 한다, 아주?"

—근데 팀장님께서 오셨냐고 물어보신 건 사실이에요.

"알았어. 오늘은 퇴근한다고 전해 드려."

—예? 뭐, 뭐라구요?

"가봐야 박스 옮기고 그럴 거 아냐? 내일 깔끔하게 정리된 사무실에서 봅시다. 고생해라.”

끊기 직전 수화기 너머로 들려오는 찢어질 듯한 후배님의 비명과도 같은 외침에 손으로 귓가를 어루만지자, 수사관이 한심하단 눈빛으로 쳐다본다.

“왜 그런 눈으로 보십니까?”

“통화 내용을 들어보니 윤 검사님이신 것 같은데, 검사님께서 너무 유치하신 것 같아서요.”

“유치하긴요. 먼저 유치한 행동을 했으니 그리 대해준 것뿐입니다. 아무튼 팀장님께서 찾으셨다고 했으니 서두르죠.”

“아무리 급해도 하던 말은 매듭을 짓고 가야죠. 이 음식들은 검사님께서 계산을 하셨으니 자발적으로 사신 겁니다.”

그게 또 그렇게 되나?

“예… 에… 마음대로 하시죠.”

하아… 팀제로 바뀐다고 해서 여자들 등쌀에서 벗어나나 했더니, 달라진 게 하나도 없구만. 게다가 임 선배 덕분에 중앙지검에선 얌전히 있던 지민이 녀석까지 난리니. 원…….

6장

본격적인 수사

"그래, 담당 형사를 만나보니 어땠나? 뭔가 건졌나?"

생각보다도 더 어수선한 사무실에 들어서자, 박스에서 뭔가를 꺼내던 곽 팀장이 나를 보고는 가타부타 없이 그렇게 물어왔다.

"예, 팀장님. 기대하셔도 좋으실 겁니다."

"이래야지. 이래야 이 잡일에서 빼준 보람이 있지. 그래, 근데 그건 뭔가?"

"아… 담당 형사의 위치를 알아보려고 박 반장에게 잠깐 들렀는데 다들 인수인계 때문에 바쁘다고 해서, 죄송한 마음에 간식 좀 사왔습니다."

"그래? 그럼 어디 성의를 봐서 먹으면서 들어볼까? 자, 자… 다들 쉬었다 합시다. 아니, 이것도 일이니 쉬는 건 아닌가?"

곽 팀장의 입에서 쉬자는 말이 나오자, 반복된 작업으로 진이 빠져 있던 팀원들의 눈가에 생기가 돌았다. 그리고 잠시 후, 중앙 테이블엔 커다란 박스들 대신 분식과 간식거리들이 자리를 차지하고 있었다.

"그러니까, 정치적인 의도를 가지고 살해를 했을 가능성이 높다는 건가?"

"예, 천 형사의 말처럼 정 의원과 강 의원이 경찰서에 같이 올 정도로 가까운 사이였다면 충분히 가능한 이야기입니다. 다만, 조금 걸리는 점이 하나 있습니다."

"걸리는 점이라……? 그게 뭔가?"

진지한 표정을 한 채 이쑤시개로 떡볶이를 찍으며 묻는 곽 팀장의 행동에 웃음이 나오려는 것을 간신히 참으며 말을 이어야 했다.

"크흠… 오전에 사건을 맡게 됐을 때 말씀드렸다시피 사건이 진행된 일련의 과정을 보면 범인은 운송책이란 자가 확실합니다."

"그래. 인신매매를 주도했던 놈이라고 했었지?"

"예, 맞습니다."

"근데 그 운송책이 뭐가 어쨌다는 건가?"

"그게 이익만을 위해 인신매매도 서슴지 않던 놈이 정치적인 목적으로 살인을 했다는 게 아무래도 납득이 되지 않아서요."

"모르긴 몰라도 정치적인 이유로 살인을 벌일 마음을 가졌다면, 좌파든 우파든 분명 극단적인 정치적 성향을 가지고 있었을 걸세. 그 말은 삐뚤어지기도 쉽다는 말이지. 막말로 놈이 머릿속으로 이곳은 이미 끝난 나라라고 결론지었다면, 더한 짓을 하고도 남지 않았겠나? 어쩌면 손가락에 집착하는 것도 나름대로의 정치적 견해 표방일지도 모르지."

곽 팀장의 말을 듣고도 왠지 뭔가 꺼림칙했지만, 어쩌면 그저 운송책을 직접 겪어봤기 때문일지도 모르겠다…….

"뭐, 정말 정치적이었던 건지 아니면 다른 이유인 건지는 수사를 진행해 보면 알겠지. 그래, 자넨 다음 수사는 어찌 진행했으면 좋겠나?"

"예?"

"뭘 그리 놀라?"

"아무래도 경험 없는 저보단 팀장님의 의견이 낫지 않을까 싶어서 그랬습니다."

"이제 인수인계를 해서 수박 겉핥기식으로 사건을 아는 나랑 전부터 계속 수사를 해오던 자네가 같겠어?"

전부터 계속 수사를 해왔다라… 신문사에 제보한 게 나라고 철석같이 믿고 계신 건가?

"그래도 제가 팀장님보다 나을 수가 있겠습니까?"

"그냥 의견이나 내보라는 거니까, 괜한 부담 갖지 말고 편하게 이야기해 봐."

"지금은 증거도 없는 상황이니 괜히 정 의원을 들쑤셔 봐야 좋을 게 없다고 봅니다."

"그건 나도 동의하네. 사건을 덮기 위해 아들까지 버린 자를 건드려 봐야 괜히 일만 어렵게 만들 테니 말이야. 그래서 어디를 파고드는 게 낫겠나?"

"예, 일단은 정영민 군이 살해됐던 야산 지역을 다시 조사해 보는 게 좋을 것 같습니다."

"야산이라? 이거 또 나랑 의견이 엇갈리는구만. 8년 전 사건 지역을 조사해서 뭘 어쩌자는 건가?"

사실 나 또한 천 형사의 말을 들었을 때는 곽 팀장과 같은 의견이었다. 8년이라면 범인이 증거를 없애지 않았어도 세월에 증거가 사라졌을 시간이니 말이다.

그러나 손가락 살인 사건이 미제 사건이 된 이유를 알지 못할 정도로 첫 수사 과정이 순조로웠다는 기억은 그곳에 뭔가가 있을 거란 확신을 갖게 하고 있었다.

"천 형사가 8년 전, 그곳에 옷가지들이 널브러져 있긴 했지만 실은 여행자가 옷가지를 수습했기에 그 장소는 범행 지역이 아니라고 했습니다."

"그렇다고 말하는 걸 보면 그 당시 이미 수색을 끝냈을 것 아닌가?"

"아니요. 오히려 수색을 하지 못했을 가능성이 높습니다."

"수색을 못 하다니?"

"천 형사가 분명 제게 사건 파일에는 그런 내용이 없을 거라고 말을 했었는데, 오면서 읽어본 사건 파일에는 천 형사 말한 내용이 그대로 적혀 있었습니다."

"지금도 생생히 기억하는데, 사건 파일에 기록한 것을 잊었을 리 없다는 겐가?"

"예, 제 생각엔 조사를 해보라는 말을 돌려서 한 게 아닌가 싶습니다."

"그래도 이 사람아. 뭔가를 찾기엔 너무 늦은 거 아닌가? 괜히 그러다 헛고생만 할 텐데?"

"오래 걸리는 일도 아니니, 내일 오전 중에 산보나 하는 셈 치고 둘러보고 오겠습니다."

"그럼, 강 의원의 비서는 윤 검사가 만나봐야겠구만."

지민이 놀란 눈으로 팀장을 바라보며 되물었다.

"강 의원의 비서요?"

"그래. 아무래도 수상한 점이 한둘이 아니야. 자네가 좀 맡아보게."

"어떤 점이 말입니까?"

"비서쯤 되면 일거수일투족을 알지 않겠나. 근데, 강 의원이 살해당한 날에 수상한 점이 없었다는 게 난 전혀 이해가 되지 않아서 말이야. 그러니 윤 검사가 알아봐."

"예, 알겠습니다."

"하아… 골치 아프구만. 이거 그나마, 사건의 내막이라도 어느 정도 안 것으로 만족해야 하는 건가……."

종이컵에 담긴 어묵 국물을 '후르륵' 소리와 함께 단번에 들이켠 곽 팀장이 손뼉을 치며 말했다.

"자, 내일부턴 본격적으로 수사를 해야 하니, 다시 힘내서 마무리해 봅시다!"

*　　　*　　　*

"안녕하세요."

"안녕하십니까."

정영민 군의 살해 장소인 옥천동 근처 야산 입구에 도착하니, 유 형사와 민 형사가 인사를 하며 우리에게 다가왔다.

"근데 두 분 엄청 일찍 나오셨네요."

"아닙니다. 저희가 좀 더 가까운 위치여서 먼저 도착한 걸 겁니다."

"그런가요? 아무튼 슬슬 올라가 보죠."

"그럼 저를 따라오시죠."

사건 현장 사진을 손에 쥔 유 형사가 앞장서 산을 오르기 시작했다.

"검사님, 이곳입니다."

"유 형사님. 여기서부터 시작이 된다는 거죠?"

"예, 사건 파일의 기록대로라면, 등산객이 정영민 군의 옷가지를 최초로 발견한 장소입니다."

"흐음. 겨울이라 그런가, 늦봄인 증거 사진과는 느낌이 많이 다르네요."

"그러실 겁니다. 민 형사, 이 녀석도 아닌 것 같다고 계속 묻더군요."

"묻다니요?"

"아, 실은 검사님께서 오시기 전에 대충 길눈을 읽혔거든요."

"죄송합니다. 저 때문에 괜히 두 분께서 고생하셨네요."

"아닙니다. 괜찮습니다."

말과는 달리, 아무래도 헛걸음할 공산이 커서인지 유 형사와 민 형사의 표정은 그리 밝지 않았다.

"그럼 조금만 더 둘러보고 내려가죠."

"검사님. 이 정도면 충분히 다 둘러본 것 같은데요?"

쌀쌀한 산바람에 몸을 부르르 떨던 수사관이 뭘 더 찾아보냐는 듯 째려본다.

"여기서 더 찾아봐야 아무것도 없을 것 같습니다. 오히려 주변 폐건물이나 이런 곳을 찾는 게 나을지도 모르겠습니다."

수사관의 말에 유 형사가 맞장구를 쳐왔다.

"예, 수사관님 말씀처럼 그게 나을 것 같습니다. 안 그래도 어제 검사님께서 이곳을 조사한다고 해서 주변 건물들도 알아봤습니다."

"그래요? 특별히 의심이 간다거나 하는 장소는 있었습니까?"

"예, 두, 세 군데 정도 범죄에 이용될 만한 장소가 있었습니다."

"8년 전에도요?"

"예."

"여긴 더 뒤져봐야 나올 것도 없을 것 같은데, 그곳들을 돌아보는 것도 나쁘지 않겠네요. 세 군데라, 유 형사님 생각엔 어디부터 돌아보는 게 좋을 것 같습니까?"

"옷가지를 뿌렸다는 걸 보면, 아무래도 정영민 군은 살해를 당한 후에 이곳으로 옮겨졌을 가능성이 높습니다. 인적이 가장 적으면서 이 야산과 인접한 곳인 폐교회부터 들러보시는 게 어떻겠습니까?"

폐교회라… 별로 느낌이 안 오는데.

"왜 그러십니까?"

"아닙니다. 잠깐 다른 생각을 했었습니다. 유 형사님께서 그리 생각하신다니 가보죠."

유 형사의 차를 뒤쫓아 야산에서 10분 정도 달려 폐교회에 도착하자, 아이들이 장난으로 던진 돌멩이에 깨진 것인지 조그맣게 구멍이 뚫려 있는 유리창과 먼지가 쌓인 채 이제는 자신의 구실을 전혀 수행하지 못하는 예배용 의자가 눈에 들어왔다. 신기하게도 그것은 딱 내가 이곳에 도착하기 전 생각했던 폐교회의 모습 그대로였다.

"에취!"

교회 내부를 조사하던 민 형사가 예배용 의자에서 나는 퀘퀘한 나무 냄새가 목을 간질이는지, 재채기를 해댔다.

"흐흠… 죄송합니다."

"괜찮으세요? 힘드시면……."

"아닙니다. 괜찮습니다."

"야, 민 형사."

"예, 선배님……."

"검사님께선 그러신 분 아니니까 알레르기가 있거나 못 참겠다 싶으면 나가 있어. 나도 괜찮으니까."

"그냥 먼지 때문에 재채기를 한 거니 걱정 안 하셔도 돼요."

"그래? 그럼 다행이네."

괜찮다는 듯 민 형사가 배시시 웃자, 괜히 민망한지 시선을 피하던 유 형사가 나와 눈이 마주치고는 그답지 않게 말을 더 듬어댔다.

"저, 저기… 뭔가 이상한 것 같지 않습니까?"

"어디 말입니까?"

"어? 아… 제가 잘못 본 모양입니다."

맨날 무뚝뚝한 척하더니, 가만 보면 속정이 깊은 사람이라니까.

"그럼 일단 둘러보죠."

말은 이렇게 했지만, 맨 앞 예배용 의자에 성경책까지 떡하니 놓여 있는 걸 보고 나니 범죄가 벌어졌을 만한 장소와는 거리가 멀어 보였다.

"어라? 혹시 유 형사님께서 말씀하신 곳이 여긴가요?"

십자가가 걸려 있는 중앙에 도착한 수사관이 우측으로 걷다 말고 멈춰 섰다.

"예? 거기 뭐가 있습니까?"

아깐 그저 변명할 거리를 찾다 던진 모양인지, 유 형사는 그렇게 말하며 떨떠름한 얼굴로 수사관을 바라볼 뿐이었다.

"예, 지하실인 것 같은데요. 중앙 교단 카펫이 여기까지 덮고 있어서 하마터면 못 찾을 뻔했네요."

"그럼 한번 내려가 보시죠."

"그건 유 형사님이나 검사님, 두 분 중 한 분은 와주셔야 가능할 것 같은데요?"

"왜요?"

"문이 철문이라 녹이 슬어서 그런지 잘 안 열리는데, 민 형사님과 하기엔 조금 벅차 보여서요."

"잠시만 비켜주십시오."

이런 교회에 지하로 통하는 철문이 있다는 것이 수상하기는 유 형사도 마찬가지였는지, 날듯이 수사관에게 다가간 유 형사가 철문의 손잡이를 잡고 강하게 밀기 시작했다.

끼이익… 끼이익…….

잠시 후 쇠붙이가 긁히는 기분 나쁜 마찰음과 함께 천천히 문이 열리며, 계단이 이어진 지하실이 나타났다. 고개를 넣어 안을 살피던 유 형사가 어두운 탓에 내부가 잘 보이지 않는지, 품 안에서 조그만 플래시를 꺼내 안을 비춰보고는 서둘러 민 형사를 불렀다.

"예, 선배. 말씀하세요."

"교회 방들 돌아다니면서 스위치란 스위치는 다 켜봐."

흐음… 예상대로인가?

"이거 전기는 다 끊어졌나 봅니다."

"검사님, 어떻게 서에 가서 장비를 좀 챙겨 올까요? 그리 오래 걸리지 않을 겁니다."

지하실이 있다고 해서, 이곳에서 운송책이 범죄를 벌였다는 건 말도 안 돼. 괜히 시간을 낭비할 필욘 없어.

"아니요. 어차피 안에 아무것도 없다면 다시 올 이유가 없으니, 일단 확인만 좀 하죠."

"그럼, 저만 내려갔다 오겠습니다."

"예, 그럼 부탁 좀 드리겠습니다."

지하로 내려가던 유 형사는 못 참겠는지, 팔을 들어 입과 코를 가렸다. 아무래도 그에겐 어둠보다 탁한 공기가 더 견디기 힘든 모양이다.

"유 형사님, 뭔가 있습니까?"

플래시의 빛이 없었다면 대략적인 위치조차도 가늠이 안 될 거리까지 나아간 유 형사는 콜록거리며 대답을 해왔다.

"교회에 관련된 악보들이나 성경책들이 꽂힌 책꽂이들만 있고, 아직까진 별다른 게 보이지 않습니다. 주변을 조금만 더 살펴보고 이상 없으면 바로 올라가겠습니다."

"이거, 저희가 기대했던 상황은 아닌 모양인데 그만 올라와 주세요."

"알겠습니다. 책꽂이 근처에 놓여 있는 의자 뒤쪽에 뭐가 떨어져 있는 것 같은데, 그것만 확인하고 바로 올라가겠습니다."

잠시 후, 유 형사가 의자를 옮긴 것인지 어둠 속에서 덜그럭거리는 소리가 들려왔다.

"검사님. 아무래도 이거 밧줄 같은데요?"

"밧줄이요?"

뭐지? 종이라도 달려 있다면 이해라도 됐겠지만, 현대식 교회에 종이 있을 리 만무했다.

"예, 밧줄 표면이 꺼칠꺼칠한 걸 보면 상당히 오래된 것 같습니다."

"지하실 문도 녹슬어 있었으니, 당연히 오래되지 않았을까요?"

그건 당연한 것 아니냐며 반문하는 수사관에게, 유 형사는 자신이 하고 싶은 말은 그런 것이 아니라는 듯 퉁명스럽게 답변을 했다.

"예, 저도 그렇게 생각합니다만 오래됐다고 해서 밧줄이 검게 변하는 건 들어본 적이 없어서요."

검다고? 불길한 생각이 머릿속을 스치고 지나가고 있을 때, 유 형사의 목소리가 들려왔다.

"이거 아무래도 밖에서 자세히 확인을 해봐야겠지만, 제가 보기엔 의자에 검게 물든 얼룩과 밧줄의 검은 부분이 일치하는 것 같은데요."

운송책의 짓일까? 혹시라도 그게 아니라면… 대체 어떤 범죄에 사용된 거지? 등받이를 따라 마치 커다란 뱀이 똬리를 틀고 사라진 것처럼 검은 얼룩이 선명하게 남아 있는 낡은 목각 의자는 무의식적으로 그런 생각을 하게 만들 정도로 섬뜩한 형상이었다.

"검사님……."

"예. 유 형사님. 말씀하세요."

"제가 봤을 땐, 핏자국이 확실한 것 같습니다."

"저도 그렇게 생각합니다. 하지만 범죄가 있었단 단서일 뿐, 운송책의 짓은 아닐 가능성이 더 높아 보입니다."

"글쎄요… 제 생각엔 이건 아무래도 운송책이 한 짓이 맞는 것 같습니다."

대체 뭘 보고 저리 확신을 하는 거지?

"어떻게 그리 확신하십니까?"

"선배, 팔걸이를 말씀하시는 거예요?"

굳은 표정으로 의자의 한 부분을 가리키던 유 형사는 민 형사의 질문에 고개를 끄덕이며 나를 바라봤다.

"검사님께선 이상하지 않으십니까?"

음? 글쎄… 별다른 특이 사항은 없는 건 같은데? 잠깐만… 저게 뭐야? 운송책, 이 개자식…….

"유 형사님. 저 자국이 손가락에서 흐른 피일지도 모른다는 제 추측이 틀렸으면 좋겠습니다."

"죄송하지만… 검사님의 추측이 맞을 겁니다."

그렇게 말한 유 형사는 먼지가 수북이 쌓인 중앙 계단의 한 면에 자신의 검지를 대고는 일직선으로 내리그었다.

"밑부분은 바닥을 따라 흘렀을 피해자의 혈흔 때문에 조금 차이가 있지만, 제 경험상 이 정도면 일치한다고 봐도 무방합니다."

"사실 별 기대도 안 했는데… 이거 의외의 성과를 거두게 되었다고 해야 할지……."

의자에 묶인 채 손가락이 잘렸을 피해자를 생각하니 차마 말을 이을 수가 없었다.

"헌데 검사님. 이 정도로 오랜 기간 방치됐으면 증거가 남아 있지 않다고 보는 게 맞지 않겠습니까?"

그런 내 생각을 읽었는지 수사관이 화제를 전환했다.

"그만큼 훼손된 증거에 대한 복원 기술도 발전했으니 분명 찾아낼 수 있을 겁니다. 요샌 치아 하나만 남아 있어도 피해자가 누구인지 정확히 알아내는 세상 아닙니까?"

"하긴 어차피 국과수에서 알아서 잘할 텐데, 제가 괜한 고민을 하고 있었네요. 검사님, 어떻게 지금 바로 국과수에 분석 의뢰를 요청할까요?"

"예, 수사관님. 그러는 게 낫겠습니다. 놈의 지문이라도 발견된다면 사건은 끝난 것과 다름없으니까요."

"그럴 가능성이 높죠. 근데 야산 근처인 이곳에서 희생당한 피해자이니 아무래도 정영민 군일 가능성이 높겠습니다."

수사관의 말대로 정말 정영민 군이라면 사건이 빨리 해결이 될 수 있겠지만, 그가 아니었으면 하는 바램이 들었다.

"차라리 그냥 부활절인가, 뭔가 하는 그런 교회 행사의 소품이었으면 하네요."

"예? 그게 무슨 말씀이십니까?"

"이런 일을 겪기엔 너무 어린 나이잖아요."

* * *

"이거 검사님 덕분에 제가 살았습니다."

"박 반장님. 에이~ 그럴 리가요. 그리고 사실 이번 일은 유 형사의 공이 컸습니다."

"아닙니다, 검사님. 제가 한 게 뭐 있겠습니까?"

"유 형사님. 폐교회를 찾아낸 것도, 야산 지리를 파악한 것도 모두 감사하고 있으니 그런 말씀 마세요. 아, 민 형사님도 수고 많으셨어요."

"감사합니다."

"역시 제가 강력 3팀 차기 팀장으로 찍어둔 보람이 있네요."

그렇게 말하며 박 형사님께서 뿌듯한 얼굴로 유 형사의 어깨를 두드리자, 옆에서 그 모습을 불만 가득한 눈빛으로 바라보던 김 형사가 볼멘소리를 해왔다.

"팀장님, 유 형사가 우리 팀 차기 팀장이면 동기인 전 뭡니까?"

"내일모레면 좌천돼서 교통과로 발령될 놈을 내가 뭐 하러 신경 써?"

"네에?"

"네에는 무슨… 짜증 나는 면상 디밀지 말고 꺼져."

"팀장님! 너무하십니다!"

잠시 김 형사 덕분에 소란이 있었지만, 언제 그랬냐는 듯 박 형사님께서 웃음기가 쫙 빠진 얼굴로 내게 말했다.

"아까도 말씀드렸지만, 정말 감사드립니다. 실은 검찰분들을 뵐 면목이 없었거든요."

"예? 운송책 일당들을 만나기 위해 교도소까지 먼 걸음을 하신 분께서 저희를 뵐 면목이 없으시다니요? 그게 무슨 말도 안 되는 소리세요."

"하아… 별다른 소득이 없었습니다."

"유도 질문 같은 것도 통하지 않았습니까?"

"예, 애초에 특수부에서 설레발을 얼마나 쳐댔는지 저를 보자마자 무슨 이유로 왔는지 다 알고 있더군요."

이야기를 듣던 수사관이 어이가 없다는 듯 되물었다.

"예? 대검 특수부씩이나 되는 자들이 그렇게 막무가내로 수사를 진행했다고요?"

"사건의 내막을 아는 건 강력 3팀과 두 분이었잖습니까? 막말로 인수인계도 아니고 그냥 사건을 강탈하다시피 해서 맡은 특수부가 뭘 알고 있었겠습니까… 그냥 강 의원 살해 사건과 연루가 됐다는 것만 중요했겠지요. 덕분에 저까지 개고생만 하고 운송책에 대한 아무런 단서도 찾지 못했습니다."

"흐음… 그랬군요."

잠깐… 여기가 이렇게 개판이었으면… 필리핀은 더하면 더했지 나을 리가 없잖아?

"박 반장님."

"예, 말씀하십시오. 왜 그러십니까, 표정이 안 좋으십니다?"

"필리핀 쪽은 어떻게 됐나 궁금해서요."

"하아… 안 그래도 말씀드리려고 했었는데……."

말할 기회를 엿보고 있었다라… 그곳도 상황이 좋지 못한 건가?

"알아봤는데, 잡을 가능성이 적답니다. 어떻게 눈치챘는지 필리핀 당국이 나섰을 땐 이미 흔적도 없이 사라졌답니다."

"운송책이 알려줬을 가능성이 높겠네요."

"그럴 가능성이 높지만, 관계자 말로는 어쩌면 현지 경찰이 도와줬을지도 모르겠다더군요."

"현지 경찰이 도움을 줘요?"

"예. 이번 사건 말고도, 작년 중순쯤에 대규모 마약 밀수 사건 때문에 필리핀에 협조를 요청했었는데 그때도 이런 식으로 빠져나갔답니다."

"이런 식이라뇨? 혹시 그 조직도 한국계란 말입니까? 아니면 현지 경찰을 매수해 피했다는 겁니까?"

"현지 경찰을 매수했다는 겁니다. 그리고 제가 알아본 바로는 운송책의 인신매매를 도운 조직이 마약 밀수 사건을 벌인 조직의 방계라더군요."

"그럼 조직도 한국계란 거군요."

"아닙니다."

"예? 그럼 어떻게 방계가 된다는 건지……."

"이게 다 몇 년 전에 필리핀과 맺은 외교와 관련이 있지 않겠습니까?"

외교라…….

"한국인이면 비자도 필요 없이 묻지도 따지지도 않고 입국을 시켰는데, 정작 그걸 이용한 건 관광객이나 이민자가 아닌 범죄자였던 거죠. 거기선 총까지 쓸 수 있으니, 자본력이 강한 한국계와 손을 잡은 필리핀 조직인 라르퐁인지, 조르퐁인지 하는 그놈들이 패권을 장악했다더군요."

"팀장님, 라리퐁입니다."

"야, 인마, 지금 라리퐁인지가 중요하냐. 김 형사, 너 때문에 검사님께 하려던 말까지 까먹었잖아! 하여간 평소엔 기억력도 나쁜 놈이 꼭 이럴 때만 나서요……."

"알려줘도 뭐라고 하십니까?"

"안 알려줘도 되는 거니까 그렇지, 인마. 하아… 죄송합니다. 이놈 때문에 괜히 대화가 끊겼네요."

"아닙니다. 그것보다 그 라리퐁이 패권을 잡고 어떻게 했다는 겁니까?"

"아… 라리퐁의 보스 놈이 패권을 장악하는 데 도움을 준 한국계 조직 보스와 형제의 연을 맺고 방계로 인정했다더군요."

"형제는 무슨… 범죄자 놈들이 어디서 본 건 많아서 별짓을 다하네요. 아무튼 그 한국계가 지금 그 방계로 있다는 그 조직인가 봅니다."

"예, 엄밀히 말하면 방계인 '코루'의 직속 단체 중 하나입니다만, 위에서 명령이 없었다면 그런 큰일을 할 수 없었을 테니 방계가 했다고 봐야겠죠."

이거 강혁범의 말대로라면 운송책과 친분이 있는 건 그 '코루'라는 방계의 보스인데… 이대로라면 그쪽을 들쑤시는 건 물 건너간 건가.

"현직 경찰들을 매수할 정도면… 패권을 먹었다더니 정말 그 위세가 대단한가 보네요."

"예, 경찰뿐만 아니라 정치인들에게 뒷돈을 대주고 있어서 필리핀 당국도 쉽사리 건들지 못한다더군요. 처치 곤란한 골칫거리인 셈이죠."

"반장님, 그럼 그 조직을 잡아서 뭔가를 한다는 건 포기하는 쪽이 편하겠네요."

"예, 수사관님. 안 그래도 저희 팀에서도 그편이 나을 것 같다는 결론을 내렸습니다. 그래서 방금 전에 국과수에 의뢰한 의자에서 증거가 나오길 학수고대하고 있는 거구요."

탁! 탁! 탁!

"누가 저리 복도를 뛰어다녀? 김 형사, 뭔 일인지 알아봐."

혹시 무슨 사건이라도 터진 건가?

그런 내 생각은 곧 기우였다는 것이 밝혀졌다.

"민 형사. 이놈아, 저번처럼 넘어져서 다치기라도 하면 어쩌려고 또 복도를 그리 뛰어와?"

"아… 죄송합니다. 국과수에서 감식 결과를 보내와서 그만……."

"뭐? 하루도 안 지났는데 그게 벌써 왔다고?"

"예… 여기……."

어지간히 놀랐는지, 왕방울만 해진 눈동자로 믿겨지냐는

듯 나를 바라봤다.

이거, 관심이 쏠린 사건을 맡으니 좋은 점이 하나는 있구만.

"반장님. 국과수에서 신경 써준 것 같은데 얼른 확인해 보죠."

"예, 그래야죠. 근데 이거 살다 보니 별일이 다 있습니다."

국과수에서 보낸 서류 봉투를 개봉한 박 형사님께서 이제 됐다는 듯 고개를 천천히 흔들었다.

"검사님, 운송책이 누구인지 알아낸 것 같습니다."

"정말요?"

"예, 여기를 보시죠."

2개의 지문이 발견됐다라… 역시 그 혈흔의 주인은 정영민 군이었나…….

"오태석이라… 확인했습니다. 이제 잡는 일만 남았네요. 반장님, 수배 때리죠."

"알겠습니다. 어이, 김 형사."

"옙. 팀장님."

"이거 가져가서 신원 조회 해봐."

"알겠습니다."

잠시 후, 조사를 마친 김 형사의 한숨 섞인 목소리가 들려왔다.

"팀장님… 실종 신고가 접수된 놈이랍니다."

"그럼 멀쩡히 돌아다녔겠냐? 당장 수배 때릴 수 있게 몽타주 만들 준비나 해."

"반장님."

"예, 검사님. 하실 말씀이라도 있으십니까?"

"놈의 위치가 파악이 되면, 꼭 강력 3팀 전원이 작전을 수행해 주셨으면 합니다."

"걱정 마십시오. 다들 베테랑들이니 위치만 알면 잡는 건 일도 아닙니다."

"그럼 그렇게 알고 있겠습니다."

"근데 저번부터 단독 행동에 대해서 걱정하시는 것 같습니다? 혹시 유 형사 일 때문에 그러시는 겁니까?"

어떻게 변명을 하나 고민이었는데, 다행히 형사님께서 좋은 빌미를 주시는구만.

"역시 반장님을 속이는 건 무리네요. 아무래도 하루 이틀 볼 사이도 아닌데, 제 지시로 인해 다치거나 하면 마음이 안 좋더라구요."

"유 형사, 그러게 거기서 왜 다쳐 가지고 검사님께서 이런 걱정을 하게 만드냐?"

"죄송합니다. 검사님."

"아닙니다. 괜찮습니다. 괜히 민망하네요. 다들 알아서 잘 하실 분들인데… 오지랖을 부린 건 아닌가 싶기고 하고……."

"에이, 그럴 리가요. 신경 써주신 것만으로도 감사합니다."

"그럼 부탁드립니다."

"염려 마십시오. 검사님께서 걱정하시는 일은 일어나지 않을 겁니다."

7장

가중되는 의혹

"윤 검사가 소득이 없어서 걱정이 이만저만이 아니었는데, 최 검사가 해결을 해주는구만."

"과찬이십니다. 근데 팀장님. 강 의원의 비서 일은 조금 의외입니다."

"나도 그렇게 생각했는데 알리바이가 너무 확실하네. 윤 검사가 따로 강 의원이 그날 일정대로 움직였는지도 확인해 봤는데, 별다른 의문도 없었고. 아마 자네가 폐교회를 조사해 보지 않았다면 아직까지도 괜한 강 의원 비서만 고생깨나 했을걸?"

"그저 운이 좋았을 뿐입니다. 그리고 그곳을 조사하자고 한 건 강력 3팀 유 형사였습니다."

"누가 제안했으면 어떤가, 그 제안을 받아들인 책임자는 자네 아닌가? 아마 나였다면 그냥 지나쳤을 게야. 그래도 정 뭐하면 박 반장에게 유 형사 이야기나 잘 해주게."

"예, 그리하겠습니다."

"그래, 그럼 난 부장님께 보고를 드리러 가봐야 하니 이만 가보게."

범인을 알아낸 것이 내심 기쁜 것인지 사무실을 나서는 곽 팀장의 입술이 미세하게 실룩거리고 있었다.

"선배."

간만에 팀장이 자리를 비웠는데, 이 녀석이 조용히 있을 리가 없지.

"어, 왜?"

"부러워서요~"

"뭐가 부러워?"

"안 부럽게 생겼어요? 선배 오기 전까지 저기압이신 팀장님 눈치 보느라 얼마나 힘들었는데요!"

"그럼 너도 하나 찾지 그랬어? 그 뭐 어렵다고 그래?"

"헐… 방금 팀장님 계실 땐, '아닙니다. 운이 좋았습니다~' 하셨던 분 맞으세요?"

"그랬나? 뭐 워낙 겸손하니 그랬을 수도 있지."

"참, 잘나셨네요……."

"이게, 선배 말도 안 끝났는데 어딜 가?"

"단서 찾으러요!"

"그런다고 찾아지겠냐? 일로 와봐."

"왜요?"

"강 의원 비서 만난 거 이야기 좀 해보라는 거지, 뭘 왜야?"

뭘 바랬길래, 또 표정이 그러실까?

"또 뭐가 불만이야?"

"아니, 뭐! 그냥! 선배로서… 뭐, 뭐… 위로도 해줄 수 있고 그런 건데, 면박만 주니까 섭섭해서 그렇죠!"

그런다고 없던 단서가 나오는 것도 아닌데, 하여간 신경 쓸 게 많은 후배님이라니까.

"알았어, 인마. 다음부턴 잘해."

"그게 위로예요?"

"이게 위로가 아님 뭔데?"

"에휴, 기대를 한 내가 바보지."

"무슨 기대를 한 건진 모르겠지만, 너한테 줄 콩고물 같은 건 없으니까 팀장님 오시기 전에 비서랑 만난 이야기나 해봐."

"알았어요… 근데, 정말 별거 없었어요."

지민의 말을 듣고 나니, 더욱 이해가 되지 않았다.

"이건 아예 외부와 접촉할 시간도 없어 보이는데, 오태석이는 어떻게 그를 살해한 거야?"

"저도 그게 이상해서, 정 비서를 만난 후에 강 의원 사건과 관련된 특수부와 고검 쪽 자료를 확인해 봤는데 의심이 갈 만한 부분은 없었어요. 계속 강 의원의 행동을 주시하고 있었던 게 아닐까요?"

말이 쉽지, 국회의원씩이나 되는 양반이 걸어 다닐 일도 없는데. 어디서 어떻게 나타날 줄 알고 그러냔 말이지.

"저… 최 검사님."

"이거, 제가 윤 검사를 너무 오래 데리고 있었네요. 차 수사관님, 용무가 있으신 것 같은데 말씀 나누세요."

"그게 아니라 남부 경찰서에서 팩스로 몽타주를 보내왔습니다."

"그래요?"

"예, 여기 있습니다."

"감사합니다."

차 수사관에게서 받은 종이엔 머리가 반쯤 벗겨진 것 말고는 푸근해 보이는 후덕한 인상의 사내가 그려져 있었다.

"그냥 옆집 아저씨처럼 보이는데, 이 사람이 세상을 떠들썩하게 만든 강 의원 살해 사건의 범인이라니… 선배, 역시 겉모

습만으론 알 수가 없네요."

"언젠 안 그랬냐? 그 경험 많은 하 수사관님도 매번 범인들 얼굴 보면 깜짝깜짝 놀라셨잖아."

"그러네요. 근데 이자가 지금 실종 상태라고 했었죠?"

"어, 정확히 8년 전 정영민 군이 살해된 그날 이후로 실종 상태야."

"그럼 더 볼 것도 없겠네요. 선배가 박 반장님께 들은 대로라면 놈의 8년간의 행적도 뻔한 거구요."

"뻔하다고?"

"뭐, 정영민 군을 살해한 후 바로 필리핀으로 도주하지 않았겠어요. 그리고 거기서 한국계 범죄 조직인 '코루'에 몸을 담았을 거구요."

"그래. 니 말대로 그럴 가능성이 높지."

헌데… 이해가 안 되는 게 두 가지가 있단 말이지.

"윤 검사님의 말씀도 일리가 있습니다만, 오태석이 정말 그리 행동했다고 보기엔 조금 이해가 안 되는 점이 있습니다."

"그게 뭔가요? 오 수사관님."

"정영민 군을 살해하고 그의 옷가지를 주변에 뿌린 것은 뭐, 미치광이 살인마의 자기과시라고 여길 수도 있습니다. 지문이라든가 하는 일련의 증거를 남기지 않았으니까요. 하지만 폐교회에서 발견된 의자와 밧줄은 치밀한 그의 범행과는 거리가 멉니다."

우리의 대화에 끼어든 오 수사관이 내 의문점 중 하나를 말해왔다.

"시간이 없어서 미처 처리하지 못한 게 아닐까요?"

"그건 아닐 거야. 동물의 사체와 함께 정영민 군의 시체를 불태운 놈이야. 시간이 없었다는 건 말이 안 돼."

"저도 최 검사님의 말씀에 동의합니다."

조금 기분이 상했는지 입술을 삐죽 내민 지민이 녀석이 퉁명스럽게 말을 던졌다.

"그럼 두 분은 대체 왜 그걸 남겨놓은 것이라고 생각하세요?"

글쎄. 그걸 알면 여기서 이러고 있을까? 수사관 역시 같은 생각을 하고 있던 것인지, 마치 넌 알고 있냐는 듯한 눈빛을 보내왔다.

"몰라. 이제부터 알아봐야지. 그게 우리 역할 아니겠어."

"선밴 참… 또, 야근이란 말씀을 참 잘도 돌려 말하시네요."

"그러게나 말입니다."

"어라? 먼저 오태석의 행동에 대한 의문점이 있다고 말씀하신 건 수사관님이잖아? 야, 윤 검사. 안 그래?"

"선밴, 그냥 장난 좀 한 건데 소심해 보이게 왜 그러세요……."

"그래, 내가 대역 죄인이다. 그러니 소심한 놈 그만 괴롭히고 가서 일이나 해."

"안 그래도 가려고 했어요."

이건 이렇게 남들과 논의라도 할 수 있지만, 손가락 살인 사건에 가려져 미처 생각지 못했던 변수는 어찌해야 한다…….

"왜 그러십니까? 뭔가 떠오르신 겁니까?"

"아니요. 잠깐 다른 생각을 좀 했습니다."

"어떤 생각을 말입니까?"

"오태석이는 어떻게 쥐도 새도 모르게 강 의원의 집 앞에서 강 의원을 살해할 수 있었을까 하는 생각이죠."

"글쎄요. 현재로선 알 수가 없지 않겠습니까?"

함께 인신매매 사건에 대해 조사한 수사관조차 내 말의 요점을 파악하지 못하는 건가?

"당연히 알 수 없을 겁니다. 수사가 진행이 된다 해도, 그것만큼은 알지 못하겠죠."

"예? 그게 무슨?"

"수사관님도 아시다시피 강 의원은 집 앞에서 살해당하지 않았잖습니까."

"그럼 어디서 강 의원이 살해당했다는 말씀이십니까?"

"배 안에서 누군가를 고문했다던 강혁범의 말 생각 안 나십니까. 제 생각엔 특수부의 견해처럼 오태석이가 전리품으로 강 의원의 손가락을 가져간 게 아니라, 오히려 배 안에 있던 시체를 집 앞으로 옮겨놨다고 보는 게 맞겠죠."

"그렇다고 보기엔 배 안은 손가락이 발견된 것 말고는 깨끗하지 않았습니까? 물론 혈흔이 있긴 했지만 그건 살인이 벌어진 곳이라고 보기엔 극소량이었구요."

"강 의원의 손가락을 잃어버렸던 것이라면, 그럴 수 있지 않겠습니까?"

"예? 검사님. 손가락을 잃어버린 것과 혈흔이 적은 것이 무슨 관련이 있다는 말씀이십니까?"

"그러니까, 오태석이가 배 안에서 강 의원을 살해했던 그러지 않았던 그 치밀하던 놈이 자기가 머무는 배에다가 어디 혈흔 같은 걸 남길 놈이에요? 그대로 뒀을 리가 없어요. 소중한 것을 찾기 위해 표시를 해놓은 것이라면 모를까."

"설마… 어디에서 손가락을 잃어버렸는지 알기 위해 그 혈흔만은 남겨뒀다는 겁니까?"

"제 생각엔 그래요. 생각해 보세요. 강 의원의 집 앞에서 발견된 시체는 흉기로 온몸을 난자당했었습니다. 그런 것치곤 혈흔이 적다는 게 전문가들의 의견이구요. 뭐 특수부의 의견처럼 내리막길인 도로여서 적게 보인 것이라고 하는 것도 일리가 없지는 않지만요."

"그렇게 생각하시는 것치고는 꽤나 확신을 하시는 것 같습니다."

"맞아요. 그 부촌의 CCTV 사각지대를 다 뚫고, 그곳에서 살인을 벌인 후에 흔적도 없이 사라졌다는 게 말이 안 돼요."

"그럼 이제 어떻게 하실 생각이십니까?"

"저기 쌓여 있는 CCTV 자료들을 다시 조사해 보려구요."

"그것 차암… 좋은 생각이시네요. 부하 직원을 생각하시는 검사님의 배려심에 제가 몸 둘 바를 모르겠습니다."

"그렇게 감사해하다니 제가 다 고맙네요. 그런 의미에서 전 밖에 좀 나갔다 올 테니, 수상한 점을 찾으시면 연락하세요."

"뭐라구요?"

"농담입니다. 어차피 할 일인데, 즐겁게 일하자는 겁니다."

"죄송합니다. 제가 조금 짓궂었습니다."

"뭘요."

"언제나 느끼는 건데, 검사님께선 항상 여유로우신 것 같습니다."

"그런가요? 전 잘 모르겠는데요."

"선배 빼곤 다 알걸요?"

"넌 일 안 하냐?"

"팀이잖아요. 선배 돕는 것도 일이죠. 안 그래요? 차 수사관님?"

"예, 맞습니다. 검사님."

"거봐요~"

"알았어. 그럼 이 박스는 우리가 맡을 테니까 저 박스만 좀 부탁해."

그나저나 조금씩 사건의 윤곽이 잡혀가고 있는 지금도 머릿속은 금방이라도 터질 것처럼 복잡하기만 한 내가 여유롭다라…….

이래서 사람이 제일 무섭다고 하는 건가. 도대체 어디서부터 풀어야 하는 건지 감조차 잡히지 않네. 과거엔 강 의원이 살해당하지 않았었단 그 이유 하나가 이렇게 골머리를 썩일 줄이야…….

"선배? 뭐 하세요?"

"막상 양을 보니까 막막해서 그런다, 자식아."

"치, 선배가 하자고 해놓고선 그러시면 어떡해요?"

"그래서 지금 하려고 하잖아."

지이잉— 지이잉—

"어? 박 반장님 전화인 걸 보니 급한 것 같은데, 나 잠깐 서 좀 다녀올게."

"선배……."

"잠시만, 여보세요."

—박 팀장입니다. 검사님.

뭐지? 박 형사님께서 예의를 갖출 상황이라면 보통 일은 아닌 건데.

“갑자기 무슨 일이십니까? 혹시 오태석이가 잡히기라도 한 겁니까?”

—그건 아닙니다만, 이쪽으로 와주셨으면 해서요.

“이쪽이라니, 어디를 말씀하시는 겁니까?”

—죄송합니다. 제가 정신이 없어서 그만… 오태석이가 또 살인을 벌인 모양입니다.

“선배, 장난 그만 치시고…….”

“예? 살인이요?!”

살인이란 말에 내 어깨를 잡으려면 지민이 녀석이 움찔하며 뒤로 물러섰다.

“또 남부 경찰서로 손가락이라도 배달이 된 겁니까?”

—아뇨. 저희 관할에서 일어난 일은 아닙니다. 다만, 지금까지완 달리 시체가 발견됐습니다.

시체가 발견됐다… 그런데 연락이 왔다는 건?

“손가락이 잘려 있었습니까?”

—역시 검사님이십니다.

“거기가 어딥니까?”

—위치는 문자로 보내 드리겠습니다.

“예, 그럼 끊을 테니 바로 좀 보내주십시오.”

—알겠습니다. 그럼 현장에서 뵙도록 하죠.

"선배, 무슨 일이에요? 살인이라뇨?"

"아무래도 지민이 니가 CCTV 좀 조사를 해줘야겠다. 오태석이 범행을 벌인 것 같아."

"오태석이 또다시 살인을 했다구요? 언제요?"

"모르겠어. 자세한 건 가봐야 알 수 있을 것 같아."

"그럼……."

지이잉—

의정부 용현동이라…….

"미안한데, 자세한 이야기는 나중에 하자. 그리고 팀장님께서 오시면 나 대신 네가 보고 좀 해줘."

"알겠어요. 그건 걱정 마시고 얼른 가보세요."

"그래, 고맙다. 수사관님, 가시죠."

"근데 저흰 지금 어디로 가는 겁니까?"

"의정부 용현동이요."

"서울이 아니라, 의정부면… 아예 저희 관할이 아니지 않습니까?"

"검지가 잘려 나간 시체가 발견됐다면 이야기가 달라지죠."

"경찰서로 소포가 온 게 아니었습니까?"

"예. 그러니 제가 이렇게 서두르는 것 아니겠습니까."

* * *

"오셨습니까?"

범행 현장인 용현동 외곽에 위치한 정공산 산책로 근방에 도착하자, 폴리스 라인 밖에 서 있던 강력 3팀 인원들이 반갑게 맞아주었다.

"예, 다들 반갑습니다. 근데 박 반장님, 어떻게 된 일입니까?"

"아, 그게 의정부 경찰서에서 저희 쪽으로 연락이 왔습니다. 06시 30분쯤에 이 근방에서 사람이 죽어 있다는 제보를 받고 출동했는데, 시신엔 손가락이 없더랍니다. 그래서 손가락 살인 사건과 관련이 있는 듯싶어서 바로 연락했다더군요."

"그래요? 전 얼마 안 된 줄 알았는데, 이거 시간이 꽤 흘렀군요. 현장 보존은 잘 됐을지 그게 조금 걱정되네요."

"저희에게 연락이 온 시간이 늦었던 것일 뿐이지, 최초 목격자가 바로 신고를 한 덕분에 현장은 거의 훼손되지 않았습니다."

"그거 다행이네요. 흐음… 이곳에서 살인을 저질렀다면 아직 근방에 있을 가능성이 높을 것 같은데, 오태석을 잡기 위한 대책은 세운 겁니까?"

"예, 경찰청장님께서 직접 의정부 지역을 비롯한 경기 북부 경찰에 협조를 부탁했습니다."

“좋네요. 수배 전단까지 뿌려진 상황에서 범위까지 좁혀졌으니, 거의 잡은 거나 마찬가지군요. 근데 사인은 뭐랍니까?”

“그건 검사님께서 피해자의 시신을 본 후에 말씀드리는 것이 설명을 드리기 쉬울 것 같습니다.”

“그럼 그렇게 해요. 자, 다들 바쁘실 텐데 바로 움직이죠. 아… 수사관님, 혹시라도 불편하시면…….”

“아닙니다. 수사의 일환인데 빠질 수야 없죠. 저도 가겠습니다.”

대화를 듣던 김 형사가 폴리스 라인을 자신의 머리 위까지 들고는, 우리에게 손을 내밀며 말했다.

“수사관님도 괜찮다고 하시니 슬슬 가볼까요?”

형사들을 따라 현장에 도착하자, 박 형사님께서 피해자에 대한 설명을 하기 시작했다.

“피해자의 이름은 고명환, 나이는 38세이고 직업은 회계사였습니다.”

사인이 대체 뭐지?

자연스레 그런 의문이 들 정도로 피해자는 창백한 얼굴이었지만, 타살이라고는 믿어지지 않을 만큼 평온한 표정이었다.

“반장님. 제가 이쪽은 문외한이긴 하지만, 그래도 조금 제 의견을 말하자면 피해자에게 외상의 흔적은 전혀 없는 것 같은데요?"

풍채도 좋고, 회계사가 아니라 운동선수라고 해도 믿을 법한 사내를 대체 어떻게 살해한 거지?

"예, 그래서 의정부 경찰서 쪽에서도 참 난감했다더군요. 저 역시도 처음 도착했을 땐 그랬구요."

이해한다는 듯 고개를 끄덕인 형사님께서 시체를 뒤집은 후에 한 곳을 가리켰다.

"피해자의 사인은 이것입니다."

목덜미? 뭐지? 점은 아닌 것 같은데? 좀 더 자세히 보기 위해 형사님의 곁으로 다가가자, 그것은 확실히 점이 아니었다.

"이제 보니 변색이 되어 점처럼 보였던 거군요."

"맞습니다. 수사관님."

"김 형사님, 혹시 주사기로 뭔가를 주입한 건가요?"

"뭔가가 주입된 건 확실합니다만, 크기로 봐선 주사 바늘은 아닙니다."

"주사 바늘이 아니라면, 뭘 이용해서 주입을 했다는 겁니까?"

"송곳 같은 것을 이용한 모양입니다. 관통한 깊이를 봐서는 대략 2㎝에서 3㎝ 정도의 크기일 것으로 추측하고 있습니다."

"송곳으로 추측된다라… 흐음… 혹시 피해자에게 주입된 게 뭔지는 알아냈습니까?"

"경찰청 과학수사팀에 따르면 신경 독일 가능성이 높답니다."

"신경 독이요?"

"예, 검사님. 피해자가 특별한 저항도 하지 못한 채 살해를 당한 것으로 보아선, 신경계를 마비시키는 독극물을 이용했을 가능성이 높다고 하더군요."

"아직 확실한 건 아니라는 거군요."

"예, 국과수의 분석 결과가 나와봐야 정확히 알 수 있습니다."

신경 독? 그럼 정영민 군 때도 같은 방법을 쓴 것인가? 아니야. 그렇다면 군이 묶었을 리가 없잖아. 하아… 그냥 놈이 좀 더 치밀해졌다고 보는 게 맞겠지. 잠깐…….

"반장님. 이거 정말 오태석이 한 짓일까요? 놈이 이렇게 충동적인 살인을 벌인 적은 없었잖습니까. 어쩌면 유사 범죄라든지……."

"검사님, 유사 범죄는 절대 아닙니다. 이건 오태석 짓이 확실합니다."

"아무것도 밝혀진 게 없는데… 확실하다고요?"

"이걸 보시면 검사님께서도 납득하실 겁니다. 자요. 보시면 아시겠지만 손가락의 절단면이 이전 피해자의 단면과 일치합니다."

전부 매끄럽다는 표현이 어울릴 정도로 깔끔하게 잘려 나갔어. 어떻게 이럴 수 있지?

"이거 손가락 자르는 전문적인 도구를 이용한 걸지도 모르겠네요."

"예, 과학수사팀 쪽에선 아마도 시가 칼을 개조했을 가능성이 높다더군요."

시가?

"시가라면, 담배를 말씀하시는 거죠?"

"맞습니다. 수사관님."

"아니, 대체 평범한 회사원이었다는 자가 어떻게 그런 생각을 했는지 도통 이해가 안 되네요. 안 그렇습니까? 검사님."

"수사관님 말씀대로 정말 이해가 안 되네요."

수사관의 말에 대꾸를 하며 주변을 둘러보자 형사들이 난감한 표정으로 우릴 보고 있었다.

"왜들 그러십니까?"

"죄송합니다. 말씀을 드렸어야 했는데, 갑자기 이런 사건이 터져서 깜박했습니다."

"반장님. 뭘 깜박하셨다는 겁니까?"

"그게 오태석이의 취미가 조각이었답니다."

"조각이요? 설마 제가 알고 있는 그 돌이나 나무를 깎는 그거 말입니까?"

"예… 맞습니다. 오태석이의 아내의 증언에 따르면, 사람의 형상을 조각하는 걸 특히 좋아했답니다."

"연쇄살인마라고는 생각되지 않는 고상한 취미네요."

내 말을 들은 유 형사가 쓴웃음을 지으며 말했다.

"손가락에 대해 집착을 했던 것이 아니라면, 고상한 취미 생활이 되었을지도 모르겠습니다."

"설마, 놈이 조각을 할 때도 손가락에 집착을 했답니까?"

"예, 오태석의 와이프 말로는 자신이 봤을 땐 정말 잘 만들었다고 생각되는 것들도 오태석 본인은 손이 마음에 안 든다며 작품들을 부수기 일쑤였다는군요."

"집착이 광기로 변한 모양이네요."

"검사님 말씀이 가장 정확한 표현인 것 같습니다. 오늘 새벽엔 목격자의 개가 짖어대는데도 피해자의 곁에서 뭔가에 열중하고 있었다더군요."

"지금 목격자가 오태석이를 직접 봤다는 말입니까?"

"예. 맞습니다."

형사님… 아무리 정신이 없으셔도 그렇지. 가장 중요한 말을…….

"왜 그걸 이제야 알려주십니까……."

"죄송합니다, 검사님. 사실 목격자가 본 것이라곤 놈의 뒷모습뿐이었는 데다가, 이미 수색도 하고 있는 상황이니 별문제가 없을 거라 생각했습니다."

"박 반장님 말씀을 듣고 보니 제가 좀 과민 반응을 한 것 같네요."

"아닙니다. 괜찮습니다. 아… 그리고 저쪽부터 3미터 간격으로 숫자가 놓인 곳이 목격자가 진술한 오태석의 도주 경로입니다."

"근데, 전 그 목격자도 조금 수상하네요."

"수상하다니요?"

"여긴 딱 봐도 마을에선 조금 거리가 있는 외곽 지역이잖습니까. 그런데 그 새벽에 개를 데리고 산책을 왔다는 게 조금 걸려서요."

"사연이 조금 있던 개더군요. 그래서 사람 피 냄새에 더 민감하게 반응했을지도 모르겠습니다. 사실 사건 현장에서 한참 떨어진 곳에서부터 짖기 시작했다고 하니까요."

"대체 무슨 사연인데요?"

"퇴역한 군견을 분양받았답니다. 군대에서만 있다 보니, 낯선 이들을 경계해서 동네 산책은 꿈도 못 꾸는데, 매일 새벽 6시만 되면 짖어대는 통에 고생깨나 했다더군요. 그래서 번거로워도 여기에서 산책을 시켰다는데, 뭐 덕분에 시체를 빨리 찾은 걸지도 모르겠습니다."

올라올 때도 느끼긴 했지만, 형사님의 말도 듣고 나니 산책

로에서 꽤나 많이 벗어난 지역이라는 것이 느껴졌다.

"검사님, 아무래도 오태석의 죄가 무거워 하늘도 돕나 봅니다."

정말 이번엔 그랬으면 좋겠네…….

지이잉— 지이잉—

"반장님, 잠시만요. 보통 이러시는 일이 없으신 분인데, 저희 팀장님께서 정말 급하신 모양입니다."

"그럼, 얼른 받아보시죠."

"예, 실례하겠습니다."

—여보세요. 최 검사, 윤 검사한테 보고는 들었네. 그래, 의정부라고? 사건 현장엔 도착한 겐가?

"예, 팀장님. 조금 전에 도착했습니다."

—검지가 잘린 시체가 발견됐다고 들었는데, 뭐 나온 건 있고?

"예, 현재로선 피해자는 독살을 당한 것으로 추정됩니다. 손가락이 잘린 단면으로 봐선 오태석이 범인 게 거의 확실하구요."

—흐음… 내가 보기엔 그 정도면 조사는 다 끝난 것 같은데 아닌가?

"예. 피해자의 대한 조사는 끝났으니, 예상 도주 경로만 확인하면 바로 복귀하겠습니다."

—그거 듣던 중 반가운 소리구만. 지검장님께서 기자회견을 준비 중이시니까 끝마치는 대로 곧장 들어오게. 지금 준비할 게 이만저만이 아니네.

"알겠습니다, 팀장님. 들어가십시오."

"무슨 일이십니까?"

"저희 지검장님께서 기자회견을 곧 하신다네요."

"아, 청장님께 공식적으로 오태석이를 언론에 공개한다는 말은 들었는데 그것 때문에 기자회견을 하시는 모양입니다. 검사님, 어떻게 조금 서두를까요?"

"어차피 형식적인 기자회견이 뭐 그리 중요하겠습니까? 천천히 살펴보죠."

"그러다 곽 팀장님께서 경을 치시면 어쩌시려구요?"

"설마 그러기야 하겠습니까."

곽 팀장이 그럴 양반이었으면, 통화할 때 바로 불렀겠지. 날 그렇게 싫어하면서도 들어줄 건 또 다 들어준단 말이야. 앞으로도 계속 이렇게만 공과 사를 구분해 준다면 참 고마울 텐데…….

* * *

"용현동에서 발견된 네 번째 피해자 고명환은 오늘 새벽 6시경, 오태석에 의해 독살됐을 것으로 추정되며, 현재 검경은 연쇄살인 용의자인 오태석이 고명환을 살해 후 도주한 경로를 추적한 결과 경기 북동부 지역으로 도주했을 것으로 판단, 그 일대를 수색 중에 있다. 여기까지 내가 뭐 틀린 게 있나?"

"없습니다. 팀장님."

"그럼 슬슬 지검장님께 가봐야겠구만. 수고했어."

"저, 팀장님."

"응? 왜? 내가 뭐 빠뜨린 내용이라도 있나?"

"그게 아니라, 오태석의 수사 건으로 부탁이 있습니다."

"갑자기 부탁이라… 이거 부담스럽구만… 일단 뭔지 말해보게."

"해경에 협조를 요청해 주셨으면 합니다."

"아니, 갑자기 뜬금없이 웬 해경 타령이야? 이 사람아, 경기도 북동부 지역이면 전부 산이야. 그걸 자네도 모르지 않잖나?"

"예, 알고 있습니다. 하지만 제가 겪어본 바에 의하면 놈은 항상 상대의 허를 찌르는 행동을 일삼아왔습니다."

"예를 들면?"

"굳이 예를 들자면 군천항 체포 작전을 말씀드리고 싶습니다. 분명 배에 타고 있던 전원을 체포했었는데, 운송책은 지금도 버젓이 범행을 일삼고 다니고 있습니다."

"자네, 운송책이 그 배에 타고 있지 않았을 거란 말인가?"

"예, 그리고 제 예상이 맞다면 이번에도 놈은 저희가 경기도 북부 일대를 중심으로 수색하게 만든 후, 역으로 서해나 동해로 갔을 확률이 높습니다."

"그렇다고 해도 배는 어떻게 구한다는 거야?"

"필리핀 쪽에서 도와준다면 그리 어렵지 않을 겁니다."

"그 코루인가 뭔가 하는 조직이 정말 그렇게 대단한가?"

"정확히는 모르지만, 정부조차 쉽사리 손을 쓰지 못하는 단체가 배 하나 구하지 못하겠습니까? 게다가 놈들은 운송책에게 인신매매를 주도하게 했습니다. 그건 달리 말하면 운송책을 상당히 신뢰하고 있다는 것 아니겠습니까?"

"괜한 부스럼을 없애자? 좋아. 내 지검장님께 말씀드려 보겠네."

지검장에게 보고를 하기 위해 팀장이 급히 사무실을 떠나자마자, 지민이 녀석이 내 곁으로 다가왔다.

"선배."

"왜?"

"왜긴요. 현장이 어땠는지 말씀해 달라는 거죠."

"아까 팀장님이랑 하는 이야기 다 들었으면서 무슨 이야기를 해달라는 거야?"

"너무 멀어서 자세히 듣지도 못했어요."

어지간히도 궁금한 모양인지 얼굴을 들이댄 채, 눈빛을 빛내며 묻는 후배님의 머리를 검지로 가볍게 밀어냈다.

"그전에 너부터 나한테 먼저 말해줘야 하는 게 있지 않나?"

"예? 뭐를요?"

"예는 무슨… 뭐긴 뭐야. CCTV 조사한 거 어떻게 됐냐는 거잖아, 지금."

"아… 그거요."

표정을 보니 안 봐도 훤하구만.

"딱 보니까, 별다른 건 발견 못 한 모양이네."

"예… 선배 말씀대로 의심 갈 만한 점은 찾지 못했어요."

아무리 생각해 봐도 말이 안 된단 말이야. 대체 어떻게 아무런 흔적도 없이 피해자의 집 앞에다가 시체를 가져다 놓은 거야? 정말 그곳에서 살인을 벌인 건가? 아니야. 절대 그럴 순 없어.

"선배?"

"어?"

"대화를 하다 말고 무슨 생각을 그리하세요?"

"무슨 생각이겠어. 대체 어떻게 흔적을 안 남겼는지 고민 중이잖아. 분명 차량을 이용했을 거라고 생각했는데……."

"근데 범인이 오태석이란 것도 알았는데, 너무 강 의원에게 집착하시는 거 아니에요?"

그 질문의 대답은 지민의 옆에서 들려왔다.

"그건 최 검사님께서 오태석이가 잡힌 후를 걱정하셔서 그러신 걸 겁니다."

"차 수사관님. 그게 무슨 말씀이세요?"

"아… 죄송합니다. 제가 실언을 한 것 같습니다. 계속 말씀 나누십시오."

"실언은요. 말씀하시는 걸 보면, 차 수사관님께선 제가 왜 이러는지 아시는 것 같은데요."

"차 수사관님. 뭔데요? 오태석이 잡히면 모든 게 끝인데 최 선배가 왜 걱정을 해요?"

"그게……."

내 눈치를 보는 차 수사관에게 고개를 끄덕이자, 차가운 외모와는 어울리지 않게 쑥스러워하며 그가 말을 이었다.

"집 앞에서 강 의원이 살해당했다면, 오태석에겐 강 의원을 살해할 수 없는 완벽한 알리바이가 생기기 때문입니다."

"예? 갑자기 무슨 알리바이가 생긴다는 거예요?"

"강 의원 사건 보고서 안 봤냐? 뭘 그리 놀라?"

"봤죠. 근데 별다른 건 없었는데요?"

"강 의원 추정 사망 시각이 몇 시야?"

"밤 10시 30분경이잖아요."

"그래. 그러니까 문제가 되는 거지."

"10시 30분? 그게 왜요?"

"그 시간에 오태석은 인신매매 범행의 사전 작업을 위해 군천항에 있었어."

"정말요?"

"그래. 인신매매 사건 당시 확인한 오태석의 핸드폰 통화 지역도 그곳이었고."

"에이~ 그래도 손가락이 발견됐는데, 빼도 박도 못하는 거 아닌가요?"

"그렇게 쉬운 게 아닙니다."

"농담 좀 해봤는데, 다들 너무 심각하시네요. 차 수사관님, 저도 알고 있어요. 저희가 증명을 해야 한다는 거죠. 군천항에 있던 오태석이 어떻게 서울 한복판에서 강 의원을 살해했는지……."

손을 입가에 가져다 대고는 뭔가 골똘히 생각하던 지민이 녀석이 갑자기 내게 물었다.

"근데 선배. 반대로 선박에서 강 의원이 살해당했다고 해도 강 의원을 어떻게 집까지 옮겼는지 밝혀야 되는 거 아니에요?"

"오태석이가 초능력자라는 걸 증명하는 것보단 그게 낫지 않겠어? 그리고 강 의원이 선박에서 살해당했다면, 둘 중 하나야."

"그게 뭔데요?"

"강 의원 주변 인물 중 누군가가 거짓을 말했다거나, 아니면 반대로 강 의원이 초능력자거나."

"선배! 지금 일부러 저 놀리시는 거예요?"

"그럴 리가. 참고인들을 다시 소환하자는 말을 하고 있는 거잖아."

지민이 이해가 안 된다는 표정으로 중앙 테이블에 쌓여 있는 서류들을 가리켰다.

"그건 피해자가 집 앞에서 살해당했을 거란 가정하에 작성된 거잖아. 질문이 바뀌면 대답도 달라지지 않겠어?"

"예. 어련하시겠어요."

조금 삐쳤는지 지민이 녀석의 목소리에 날이 서 있었다.

"그래서 선배, 누구부터 조사를 하면 될까요?"

"일단은 팀장님께 보고부터 하고 나서 허락이 떨어지면 그때 고민해도 늦지 않을 것 같다."

"그럼 팀장님께서 돌아오실 때까지 사건 현장 다녀온 이야기 좀 해주세요."

*　　　*　　　*

"젠장… 대체 어떻게 된 거야?"

어느 정도 예상을 한 수사관과 나완 달리, 운송책을 처음 상대해 보는 사무실 식구들의 충격은 꽤나 큰 모양이었다. 그 중에서도 지검장에게 한 소리를 들었을 게 뻔한 곽 팀장의 충격은 그의 이마에 깊게 패인 주름만큼이나 깊어 보였다.

"최 검사."

"예, 팀장님."

"자넨 이게 말이 된다고 생각하나?"

"그게……."

이럴 거면 뭐하러 내게 물었는지 한숨을 푹 내쉰 그는 큰 소리로 혼잣말을 중얼댔다.

"투입한 경찰력이 얼만데 고작 그놈 하나 못 잡고 놓치냔 말이야……."

해경이 찾지 못한 걸 보면, 바다로도 가지 않았어. 비행기는 더더욱 이용하지 못했을 테니 아직 한국에 남아 있다는 이야기인데.

대체 어떻게 그곳을 빠져나간 거지……?

"그곳을 드나드는 차량 트렁크까지 샅샅이 검문을 했는데 어떻게 그걸 놓쳐!"

기어코 곽 팀장의 분노가 폭발한 모양이다. 그나마 부하들에게 직접적으로 화를 내는 성격은 아닌 것이 다행이라면 다행이겠지만, 그것도 언제까지 지속될지 지금 분위기로는 장담을 할 수가 없는 상황이었다.

"최 검사……."

"예, 팀장님."

모두의 행복을 위해 서둘러 팀장에게 다가갔다.

"놈이 어디로 도주했을 것 같나?"

글쎄. 그걸 알았으면 벌써 말을 하지 않았을까?

"미안, 미안. 하도 답답해서 내가 말이 헛나갔어."

오태석이를 이미 잡았다는 식으로 기자회견을 했던 지검장이 얼마나 그를 쪼아댔으면, 그 느긋하던 양반이 이리 됐는지…….

"그러니까 어제 나한테 뭔가 다시 조사를 해보고 싶다고 하지 않았나?"

"아, 예. 참고인들의 진술을 다시 받고 싶다고 했었습니다."

"그래? 자네가 왜 그, 그러고 싶다고 했지?"

"선박에서 강 의원이 살해당했다면 참고인 중 누군가 거짓을 말했을 가능성이 있을 것 같아서 그랬습니다."

"하아… 그랬구만. 지금 중요한 건 오태석이의 위치를 알아내는 것이니, 그건 일단 보류하자고. 이만 가보게."

"예, 팀장님."

손가락 살인마라. 잡힐 듯 잡힐 듯하면서도 잡히지 않아서 신기루 같다고 했었나? 대체 어떻게 그럴 수 있던 거지… 뭔가 이상해.

이런 식으론 미래와 다를 게 없어. 미래와 달라진 부분을 파고들지 않는다면 결과도 같은 게 아닐까?

말은 쉬웠지만, 그게 대체 뭔지 짐작도 되지 않았다.

"선배……."

괜히 곽 팀장에게 한 소리 들으면 어쩌려고. 하여간 이 녀석도 못 말린다니까.

내가 듣지 못했다고 생각한 지민이 또다시 속삭여왔다.

"선배~"

"왜, 인마. 뭘 그리 속삭여 대. 할 말 있으면 그냥 하면 되지."

깜짝 놀란 지민이 녀석이 곽 팀장의 심기가 불편한 게 안 보이냐는 듯 손사래를 쳐댔다.

"팀장님 그런 분 아니니까, 사건 이야기면 그냥 말해."

"네… 어떻게 도주를 한 걸까요?"

"글쎄. 어쩌면……."

축 처진 분위기를 띄우기 위해 농담을 하려고 하다, 순간 마음속으로 떠올린 말이 왠지 마음에 걸렸다.

"왜 그러세요? 어쩌면 뭐요? 왜 말씀을 하다 마세요."

"그게… 아니다."

"뭔데요?"

"혹시, 오태석이 죽인 게 아닐지도 모른다는 생각을 했거든."

"네? 어떤 걸 말씀하시는 거예요? 이번 의정부에서 벌어진 살인 사건이요?"

"아니, 전부 다. 아니다. 전부는 아니겠구나. 첫 사건은 오태석이 벌였을 테니까."

"갑자기 그게 무슨 말도 안 되는 소리예요?"

그렇게 물은 녀석이 내 귓가에 속삭였다.

"혹시 팀장님께서 선배만 따로 불러서 뭐라고 하셨어요?"

"그런 거 아니거든. 그냥 농담이었어."

"에이~ 농담은 아니신 것 같은데요? 첫 사건은 오태석이란 걸 보면, 뭔가 짚이는 게 있으신 거죠?"

"그게 내가 생각해도 너무 이상해서 말하기도 그래. 야, 사람 무안하게… 왜 갑자기 말이 없어?"

"뭔데 그리 둘이 속닥대는 건가?"

뒤를 돌아보자 어느새 다가왔는지, 곽 팀장이 서 있었다.

"아닙니다. 별거 아닌 이야기입니다."

"그러니까 그게 뭐냔 말이야?"

하아… 말을 해도 욕을 먹을 게 뻔한데, 단단히 잘못 걸렸구만. 미안하단 눈빛으로 바라보는 지민이 녀석이 왜 이리 얄밉게만 보이는지 모르겠다.

"실은 오태석이 살인을 벌이지 않았을지도 모르겠단 이야기를 하던 중이었습니다."

"듣고 있었네. 그다음 이야기가 궁금했을 뿐이니까."

"별거 아닙니다. 그게… 아무리 생각해도 평범한 회사원이었던 오태석이가 필리핀으로 넘어갔다고 해서 갑자기 범죄 집단의 소속이 될 수 있었다는 게 조금 이상하단 생각을 하다가 그냥 떠올랐던 것뿐입니다."

"그럼 오태석이 아니면 누구일 것 같나?"

"예?"

"지검장님께 한 소리 듣고 나니까, 기분 전환이 필요할 것 같은데 어디 한번 말해보게."

참, 협박도 고상하게 하시는구만…….

"굳이 말씀드리자면, 범인은 오태석에게 이야기를 들은 자가 아닐까 싶었습니다."

"오태석에게 이야기를 들은 자라니? 어떤… 설마? 자네, 오태석이가 자신의 범죄를 누군가에게 말했을 수도 있다는 건가?"

"어쩌면 머나먼 타지에서 자신을 지키기 위한 과시 수단으로 그랬을 수도 있다고 생각했는데, 암만 봐도 말이 안 됩니다."

"그건 또 왜지?"

"놈은 정영민 군의 손가락을 가지고 있었으니까요. 손가락에 그리 집착을 하던 오태석이가 그걸 누군가에게 줬을 리는 없다고 생각합니다."

"흐음… 일리가 있어."

"그럼, 전 이만 자리로 돌아가 보겠습니다."

"잠깐, 아직 오태석이 아닐 수도 있단 이야기는 하지 않은 것 같은데?"

"과시로 그랬을 거라고 말씀드렸습니다만……."

"그게 아니라, 자네, 오태석이 아닌 다른 누군가가 이곳에서 활동을 했을 거라고 가정하고 말을 꺼냈던 게 아니었나?"

"그렇긴 합니다."

"오늘따라 왜 이리 자네답지 않게 답답하게 구나. 그 자네의 가정을 말해보란 거잖나."

"죄송합니다. 오태석이 아닐 수도 있다고 가정한 이유는 제가 오태석이었다면 다시 살인을 벌이기 전에 과거 자신이 벌였던 사건의 증거를 가장 먼저 없앴을 텐데, 지금 범인은 마치 행적이 발견되기를 바라는 것처럼 일을 꾸몄던 점입니다."

"어떤 점이?"

"자신이 그때 그 살인마라는 것을 광고하는 것처럼, 굳이 거의 10년이 다 되어가는 과거 사건의 증거를 경찰서로 보낸 점이 걸렸습니다."

뭔가를 골똘히 생각하던 팀장이 날카로운 눈빛으로 내게 물었다.

"혹시, 정영민 군의 손가락이 그 교회에 있었던 거라면 어떨 것 같나?"

"그럼, 거의 모든 게 들어맞습니다. 이번 범행 현장에서 포위망을 유유히 빠져나간 것까지 포함해서 말입니다."

"거의? 호오… 그럼 들어맞지 않는 건 또 뭔가?"

"오태석이 아니라면 강 의원은 대체 왜 죽였냐는 겁니다. 저흰 정치적인 이유라고 가정했잖습니까? 그리고 어제 말씀드린 것처럼 강 의원의 살해 장소 또한 의문이구요."

"일단 그 교회를 다시 조사해 보게."

"혹시 뭔가 걸리는 점이 있으신 겁니까?"

"의정부 용문동 살인 사건에서 오태석이가 발견된 것이 놈의 의도였다면, 그곳을 확인하지 않았겠나?"

"제 생각엔 가능성이 거의 희박해 보입니다."

"이번엔 자네가 내 직감을 믿어보게."

8장

새로운 단서

"그랬다는 거 아닙니까~"

이 인간만 보면, 웬수 같던 이 수사관이 떠오른다니까. 어떻게 이리 판박이인지…….

"어머! 어쩜 도주하던 범인을 잡으려던 그때, 딱 타이어에 펑크가 났대요? 김 형사님께서 고생 좀 하셨겠네요."

"말도 마십시오~ 그나마 사건을 해결했으니 다행이지 안 그랬으면 저희 팀장님께 엄청 깨졌을 겁니다. 지금도 그때만 떠올리면 어휴……."

쉴 새 없이 이어지는 김 형사의 수다에 '유 형사와 같이 왔으면 참 좋았을 텐데'라는 생각을 하고 있을 때, 그 사실을 알리 없는 김 형사가 해맑게 웃으며 내게 말을 걸었다.

"근데 검사님, 팀장님 명령으로 급하게 나오긴 했는데 대체 무슨 일입니까?"

참… 빨리도 물어보시네요. 그나저나 김 형사의 무용담이 끝나서 이제야 좀 조용히 가나 했더니, 그저 수사관에서 나로 타깃을 바꾼 건가…….

"아, 그게 윤 검사와 대화 중에 제가 범인이 오태석이가 아닐 수도 있다는 말을 장난스럽게 꺼냈는데, 그걸 들으신 팀장님께서 뭔가 걸리는 게 있으신지 조사를 해보라고 하셔서요."

"그렇습니까? 키야~ 그거 참 기막힌 우연입니다."

뜬금없는 김 형사의 말에 수사관이 궁금한 얼굴로 그에게 물었다.

"기막힌 우연이라니요?"

"두 분 모두 상당히 꼼꼼하신 성격인 것 같아서요."

"두 분이라면 혹시 박 반장님과 저희 곽 팀장님을 말씀하시는 건가요?"

"예, 맞습니다."

잠시 박 반장님을 떠올린 것인지 눈꼬리를 살짝 치켜뜬 수사관이 말도 안 된다는 듯 김 형사에게 되물었다.

"그 박 반장님께서 꼼꼼하다고요? 정말이에요?"

"예, 얼마나 꼼꼼하신데요. '조사는 마쳤냐? 혹시 현장에 수상한 인물이 있지는 않았냐?' 하시면서 어휴… 뭐, 수사관님은 검찰 소속이니 겪어보지 않으셔서 제가 이렇게 말해도 믿기지 않으실 겁니다."

"에이~ 또 장난치시는 거죠?"

"아니! 수사관님! 제가 아무리 농담을 좋아해도 그러다 걸리면 그 뒷감당을 어떻게 하려고 설마 저희 팀장님을 상대로 그러겠습니까?"

"알았으니까, 진정하세요. 저는 단지 박 반장님과 너무 안 어울려서 한번 여쭤본 거뿐이에요."

"이런 말을 하긴 그렇지만, 저희 팀장님 외모를 보면 그렇게 여길 만합니다. 사실 저도 처음 봤을 땐 수사관님처럼 생각했으니까요."

"거봐요. 박 반장님을 본 사람이라면 누구라도 저처럼 생각한다니까요."

수사관의 이야기를 들은 김 형사가 멋쩍게 웃으며, 그녀에게 말했다.

"이거… 전에는 수사관님 말씀대로 남부 경찰서의 불도저라고 불렸던 분이라 뭐라 변명을 할 수도 없겠네요."

"어머! 불도저요? 그거야말로 박 반장님과 딱 어울리는 별명이네요. 근데, 암만 생각해도 그 별명은 꼼꼼함이랑은 거리가 있어 보이는데요?"

"예, 그러실 겁니다. 지금과는 달리, 몇 년 전만 해도 팀장님께선 정말 앞뒤 안 가리고 수사에만 집중하셨다고 들었으니까요."

"그럼 혹시 무슨 사연이라도 있는 건가요?"

설마, 아니겠지……?

"왜 없겠습니까. 저도 자세한 건 모릅니다만 팀장님의 전 파트너였던 장 선배 말로는 4년, 아니, 5년 전인가… 아무튼 팀장님께서 담당했던 사건이 하나 있었는데, 그때 범인이 당시 사건의 목격자였던 고등학생을 공격했다더군요."

역시나인가…….

"예?! 그게 정말이에요? 그래서요? 그 학생은 어떻게 됐는데요?"

"크게 다치긴 했지만, 다행히 생명엔 지장이 없었다고 들었습니다."

"다행이네요. 그 사건은 잘 해결됐구요?"

"예, 그렇다고 들었습니다. 아무튼 장 선배 말로는 그 사건 이후로 거의 다른 사람이 됐다고 하더라구요."

"근데, 의외네요."

"뭐가 말입니까?"

"김 형사님이었으면 분명 박 반장님께 직접 여쭤봤을 거라고 생각했는데, 장 선배란 분께 들었다고 하셔서요."

놀란 얼굴로 잠시 머리를 긁적이던 김 형사가 천천히 입을 뗐다.

"어쩜 그리 저를 잘 아시는지 모르겠네요."

"역시… 보나마나 박 반장님께 한 소리 들으신 것 같네요……."

"예. 팀장님과 파트너가 된 지 1년 정도 흘렀을 때 넌지시 물었다가 쓸데없는 걸 묻는다고 잔소리만 들었습니다."

"그래도 용케 사건 파일을 보진 않으셨네요?"

"에이… 아무리 제가 철딱서니가 없다고는 하지만 그런 놈은 아닙니다. 그리고 수사관님께서도 당시 팀장님 표정을 보셨다면 그런 생각은 못 했을 겁니다."

"앞으로도 그러는 게 좋을 것 같네요."

"예… 검사님. 말씀대로 그렇게 하려구요."

"제 말이 기분 나쁘셨다면 사과드리겠습니다."

"아닙니다. 당연한 말씀을 하신 건데요. 이래서 팀장님께서 최 검사님을 좋아하시나 봅니다."

"그래요? 저는 딱히 그런 점은 못 느꼈는데요."

"반장님께서 그 말을 들으면 섭섭해하실걸요? 제가 봐도 그래 보이는걸요!"

"어떤 점이 그래 보였습니까?"

"뭐… 처음엔 아~ 이번 검사님도 박 반장님과 마찰이 있겠구나, 싶었는데 웬걸… 사건 때마다 전 제가 아니라 박 반장님이 검사님 담당 수사관인 줄 알았습니다."

"이야~ 저만 그렇게 느낀 게 아니었나 봅니다."

"그렇죠, 김 형사님?"

죽이 아주 딱딱 맞는 게… 내가 보기엔 댁들이 더 수상한데…….

아무튼 딱히 내게도 좋은 기억을 떠올리게 하는 이야기는 아니었기에, 이쯤에서 끝내는 게 나을 듯싶다.

"자, 거의 다 온 것 같으니, 잡담은 여기까지 하죠."

젠장… 괜히 박 형사님께 죄를 지은 것 같은 이 기분은 뭔지…….

"검사님? 갑자기 왜 그렇게 서두르십니까? 같이 가시죠!"

잠시 후 퀘퀘한 먼지만이 반기는 폐교회에 도착하자, 경찰들이 다녀간 흔적들이 역력했다. 플래시로 비춰본 지하실은 텅 비어 있었던 것처럼 깨끗했고, 맨 앞줄 예배용 의자에 놓여 있던 성경책 또한 보이지 않았다.

증거를 옮기던 경찰들의 무수한 발자국들이 아니었다면 누군가 처음부터 이런 모습이었다고 말을 해도 충분히 믿지 않았을까 싶다.

"하아… 이래선 뭔가를 발견하긴 무리인 것 같은데요?"

교단 쪽에서 수색을 진행하던 김 형사가 수사관의 의견에 동의하듯 고개를 끄덕이며 내게 물었다.

"검사님, 정확히 이곳에서 저희가 찾아야 하는 것이 뭔지 알 수 있겠습니까?"

김 형사는 질문과 어울리지 않게 이미 텅 빈 교회에서 뭘 찾을 수 있겠냐는 표정으로 이쪽을 바라보고 있었다. 그래도 어쩌면 찾을지도 모른다는 일말의 기대를 안고 왔었는데…….

역시 곽 팀장에겐 미안하지만, 이번엔 그의 직감이 맞지 않은 모양이다.

"검사님?"

"죄송합니다. 도착하기 전까지만 해도 범인의 발자국을 생각했는데, 막상 와보니 말도 안 되는 일이었네요."

발자국 위에 다시 발자국이 덮여 뭉개질 대로 뭉개진 교회의 바닥에 손을 대고 있던 수사관이 조심스레 말을 꺼냈다.

"검사님. 더 있어봐야 건질 건 없어 보입니다."

"흐음… 그래요. 여기서 이러느니, 아직도 사무실에 산더미처럼 쌓여 있는 자료들을 다시 검토해 보는 게 낫겠네요."

"그래도 조금 더 있다 가는 게 나을 것 같습니다."

수사관의 의도를 파악한 난 씁쓸한 미소를 지으며 그녀에게 동의할 수밖에 없었다.

"예, 그러죠. 30분만 더 있다 가죠."

"30분이요? 두 분 다 왜들 그러십니까?"

"어제 있었던 기자회견 덕분에 팀장님 심기가 지금 많이 불편하시거든요."

"아… 무슨 말씀인지 알겠습니다."

"자, 그럼 가만히 있어봤자 시간만 낭비이니, 교회 외곽이나 한번 둘러보고 가죠."

"그럼 제가 이쪽을 살펴보겠습니다."

그렇게 말하며 김 형사는 손을 들어 오른쪽에 있는 유리문을 가리켰다.

"예, 그럼 전 저희가 들어왔던 교회 정문 쪽 주변을 살펴보겠습니다. 수사관님께선 교회 왼쪽 지역을 확인해 주세요."

"예, 알겠습니다."

"그럼 다들 조사가 끝나면 교회로 모이죠."

두 사람이 움직이는 것을 보며, 정문 손잡이를 돌렸다.

흐음… 인적이 드문 산이라 그런지 발자국들은 그대로 남아 있긴 한데. 문제는 발자국들이 끊긴 장소가 아스팔트 깔린 도로인 데다가, 범인이 이곳에 왔다고 해도 발자국을 따라 걸었다면 단서를 찾는 건 불가능하다고 봐야 할 것 같다는 점이었다.

"괜한 말을 꺼내서 일만 복잡하게 만든 건 아닌지 모르겠네……."

―지이잉 ―지이잉

김 형사? 갑자기 뭐지?

"여보세요?"

―지금 어디십니까?

조금 떨리는 김 형사의 목소리에 기대감이 샘솟았다.

"교회에서 5분쯤 떨어진 도로변인데 무슨 일이십니까?"

―왜긴요~ 이쪽으로 와보셔야 할 것 같으니 묻는 거 아니겠습니까~

"뭔가 발견하신 모양이네요? 기대해도 되는 겁니까?"

―무슨 그런 당연한 말씀을 하십니까! 보시면 정말 깜짝 놀라실 겁니다.

하도 허풍이 심한 분이라, 정말 기대해도 되려나 모르겠네…….

"알겠습니다. 제가 바로 그쪽으로 가겠습니다."

―아… 그냥 교회에서 만나는 편이 빠르지 않겠습니까?

"예, 그럼 교회에서 뵙죠. 근데 수사관님께선 알고 계십니까?"

―수사관님껜 제가 연락하겠습니다.

제발 김 형사가 호언장담할 만큼의 가치가 있는 단서이길 바라며 서둘러 교회로 향했다.

"이제야 오시는 걸 보면, 꽤 멀리까지 가신 모양입니다?"

"발자국을 따라 걷다 보니까 제 생각보다 멀리 갔던 것 같네요. 근데 김 형사님은 어디 계십니까?"

"잠깐 가져올 게 있다고 차에 갔다 온다고 하던데요."

"그래요?"

"예, 검사님껜 대신 말씀 좀 전해달라고 했습니다."

"뭔지 말씀 안 하셨구요?"

"그게, 많이 흥분을 하신 모양인지 표현을 못 하시길래 그냥 빨리 다녀오라고 했습니다."

"김 형사님답긴 한데 박 반장님께서 옆에 있었으면 한 대 쥐어박혔을 것 같단 느낌이 드네요"

"안 그래도 죄송하다면서 직접 머리를 쥐어박고는 달려 나갔습니다."

"헉… 저 빼고 무슨 이야기들을 그리 재미나게 하고 있습니까?"

목소리가 들린 곳으로 고개를 돌리자, 머리에서 김이 모락모락 올라오는 상상을 하게 만들 정도로 얼굴이 시뻘건 김 형사가 문에 기댄 채 숨을 헐떡이고 있었다.

"사건 수사 중에 재미있는 일이 뭐 있겠습니까. 무슨 단서일지 이야기를 하고 있었습니다."

"그랬습니까? 그럼 많이 기다리셨을 텐데, 바로 가시죠."

"근데 뭘 가지러 가셨던 겁니까?"

내 물음에 그는 무언가를 쥐고 있는 오른손을 흔들어 보였다.

줄자?

"기대해도 좋으실 겁니다. 실망시킬 일은 없을 테니까요."

한껏 의미심장한 미소를 지은 김 형사가 안내한 곳은 교회 근처의 숲이었다. 햇빛마저 잘 들지 않는 숲이라 그런지 더욱 쌀쌀한 그곳에서 꽁꽁 얼어붙은 낙엽들을 밟으며 한참을 걷자, 칼바람 때문에 볼이 다 얼얼했다.

대체 앙상한 가지만 남은 나무만 빼곡한 이곳에 무슨 단서가 있다는 건지… 그런 생각을 하며 얼음장처럼 차가워진 손을 비비고 있을 때, 김 형사가 한 지점을 가리켰다.

"저곳입니다. 검사님"

"여기라구요?"

조금 거리가 있긴 했지만, 딱 봐도 숲길을 지나오면서 봤던 낙엽더미들과 그리 다르지도 않구만. 대체 뭐가 있다는 거야?

이건……?

"어떻습니까?"

수사관 역시 꽤나 놀란 모양이다. 이걸 어떻게 찾아낸 걸까. 새삼 김 형사가 달라 보인다.

"검사님. 이걸 보시죠."

그가 품에서 사진 한 장을 내게 건넸다.

"제가 눈썰미는 조금 있는 편입니다."

진흙과 섞여 검게 변한 얼음 위로 선명하게 남은 신발 자국과 김 형사가 건넨 사진을 비교해 보니 그 모양이 정확히 일치하고 있었다.

"이거 용현동에서 찍은 사진 맞죠?"

"예, 맞습니다."

대체 그는 이걸 어떻게 발견한 거지?

"눈썰미가 아무리 좋다고 해도 교회에서 상당히 거리가 있는 장소인데 대체 이걸 어떻게 찾아낸 겁니까?"

"그게… 제가 범인이라면 어떤 식으로 움직였을까 생각을 해보니, 직접적으로 교회로 오진 않았을 것 같더라구요. 그래서 혹시나 해서 확인을 해봤더니, 낙엽이 부서져 있더군요."

"부서져 있었다고요?"

"예, 수사를 하다 보면 동물이 남긴 건지, 아니면 사람의 흔적인지 대충 감이 오는데 이건 딱 봐도 동물이 남긴 게 아니더라구요."

단순한 감이라… 내가 김 형사를 너무 과소평가하고 있었던 모양이구만.

"그걸 한눈에 알아보시다니 오늘따라 달라 보이시네요."

"제가 좀 그렇긴 하죠……."

헛기침을 하는 걸 보면, 천하의 김 형사도 눈앞에서 칭찬을 들으니 민망하긴 한가 보네.

"어디 보자… 신발 사이즈도 275네요. 검사님, 더 볼 것도 없습니다. 오태석이가 왔다 간 것 같습니다."

"그렇군요. 저희 팀장님 말씀대로 국과수가 현장의 발자국들을 토대로 정확한 발 사이즈를 밝혀낼 수 있길 바래야겠네요."

"그게 무슨 말씀이십니까?"

"어쩌면 지금 살인을 저지르고 다니는 범인이 정영민 군을 살해한 자와 동일 인물이 아닐 수도 있다는 말입니다."

"예? 어떻게 그럴 수 있단 말씀입니까?"

"오태석이가 입이 가벼운 자라면 가능성이 아예 없는 건 아닙니다."

"누군가에게 자신의 범행을 알려줬다고 생각하시는 겁니까?"

"아직 확실한 건 아닙니다만, 오태석이가 범인이었다면 굳이 이곳을 지금에 와서 다시 올 필요가 없지 않겠습니까?"

"그렇긴 하죠. 증거를 없애려고 했다면 범행을 벌이기 전에 왔을 테니까요. 근데 정말 범인이 따로 있다면 대체 누구란 말입니까?"

"글쎄요. 아직 범인이 오태석이 아니란 것도 추측에 불과한 상황에서 너무 앞서가는 건 수사에 혼란만 줄 것 같습니다.

오태석이가 진범이라면, 그걸 노리는 걸 수도 있으니까요."
"그럼, 일단은 결과를 확인해 봐야겠군요."

*　　　*　　　*

"이게 현장에 남아 있던 발자국이란 말이지?"
"예, 팀장님."
"나 원 참, 설마 했는데 정말 있을 줄이야… 아직 봄은 아니라서 걱정을 했었는데, 족적도 꽤 많이 찍혀 있구만."
현장에서 찍은 사진들을 들여다보던 곽 팀장이 도무지 믿기지 않는다는 듯 혀를 차며 말을 이었다.
"헌데, 정말 범인이 다른 자라면 골치 아파지겠어."
"팀장님, 근데 정말 발자국만으로 서로 다른 사람이라는 걸 알아낼 수 있는 겁니까?"
"나도 자네처럼 그런 의심을 했던 적이 있었네만, 덕분에 사건을 해결한 적이 있으니 믿어도 괜찮을 걸세."
"그렇군요. 그럼 전 잠시 실례하겠습니다."
"음? 어디 다녀올 때라도 있는 건가?"
"현장에서 바로 오느라 잠시 화장실 좀……."
"허허. 이거 미안하게 됐구만. 그래, 얼른 다녀오게나."
괜한 걸 물어 미안하단 얼굴로 내 어깨를 두드려 준 곽 팀장에게 괜찮다는 듯 꾸벅 고개를 숙이곤 사무실을 나섰다.

"여보세요."

—여보세요? 안녕하세요. 최 검사님.

"안녕하세요. 다나 씨. 그동안 잘 지내셨어요?"

—예, 잘 지냈어요. 아, 저번엔 죄송했어요.

"아니에요. 제가 다나 씨였어도 충분히 그런 오해를 했을 겁니다."

—정말 아니라는 거죠?

"예~ 아닙니다."

다른 사람이었으면 미안해서 농담으로라도 그런 말은 꺼내지 않을 텐데… 하여간, 참 특이한 사고방식을 가진 아가씨라니까.

—근데 이 시간엔 어쩐 일로 연락을 다 하셨나요?

"아무래도 다나 씨께서 지금 짐작하시는 그 생각이 맞으실 겁니다."

—하아… 친구 잘 만난 덕에 몸이 다 고생하고 정말 기분이 좋네요…….

"그렇다니 저까지 다 기분이 좋아지는데요? 축하드립니다."

—하하… 참 재미있으시네요. 통화를 할 때마다 느끼는 건데, 참 유머 감각이 남다르세요?

어디로 튈 줄 모르는 아가씨를 상대하려면 그 정돈 해줘야 하지 않을까 싶은데.

“그런 말은 처음 듣지만, 칭찬 감사합니다. 근데 정말 칭찬 맞죠?”

—예… 맞아요… 어디 보자. 최 검사님께서 연락을 할 일이면, 그 용현동에서 발견된 독극물 때문에 연락하신 거죠?

“예, 맞습니다. 뭐, 겸사겸사 다른 것도 여쭤볼 겸 연락을 드렸습니다.”

—그럼 일단 저한테 여쭤볼 게 뭔지 들어봐야겠네요.

“예?”

—실은, 그건 아직 분석이 끝나지 않아서 말씀을 해드릴 수가 없어서요.

“아… 지문과는 달리 좀 시간이 걸리나 봅니다?”

—예, 오태석이나 정영민 군 같은 경우에는 저희 데이터베이스에 범죄 관련이나 실종 관련으로 이미 리스트에 있어서 빠르게 처리가 됐지만, 이번 경우는 원래 빠르면 2일, 늦으면 3일 정도 소요가 되는 작업이라서요.

“그럼 어쩌면 내일 정도에나 결과를 받을 수 있겠군요.”

—예, 그럴 가능성이 높아요. 범인이 뭘 사용했는지는 몰라도 일반적인 약품을 사용한 건 아닌 것 같아요.

“그래요?”

—예. 그렇지 않았다면 이렇게 오래 걸리진 않았을 테니까

요. 근데, 질문은 언제쯤 하실 건가요? 저야 뭐, 최 검사님과 대화하는 게 싫지는 않지만 워낙 바쁘신 분이신데 제가 괜히 시간을 뺏는 게 아닐까 싶네요.

어휴, 퍽이나 그러시겠네.

"죄송합니다. 워낙 중요한 단서라서 저도 모르게 그만… 다름이 아니라, 현장에 남은 발자국들로 동일인이 아닌 걸 정말 밝혀낼 수 있는 겁니까?"

—그건 상황에 따라서 달라져요.

"그 말은 알아낼 수도 있다는 말씀이시군요."

—예, 사람마다 걸음걸이가 다르니까요. 그리고 습관에 따라서 발자국도 다르게 남구요. 결국 판단을 할 수 있는 자료의 양이 중요해요. 그래야 오차 범위도 줄일 수 있을 테니까요.

"흐음… 자료가 8년 전 사진이라면 어떻겠습니까?"

—8년 전? 정영민 군의 증거 자료를 말씀하시는 것 같은데, 혹시 이번 사건의 범인이 오태석이란 자가 아니라고 생각하시는 건가요?

"예, 여전히 눈치가 빠르시네요."

—흐음… 최 검사님께서 그렇게 묻는 걸 보면 다른 단서가 발견됐다는 것 같은데 맞나요?

"예, 오늘 뜻밖의 장소에서 범인의 신발 자국이 발견됐어요.

그래서 국과수에 자료를 넘겼는데, 불가능한 일로 시간을 낭비하고 싶진 않아서요."

—일단 제가 한번 확인해 볼게요.

"매번 감사합니다. 다나 씨."

—뭘요. 이번엔 저도 흥미가 생기는 일인걸요.

"그렇다니 다행이네요. 그럼 확인해 보시고 연락 좀 부탁드립니다."

—어라? 근데 설마 맨입으로 넘어가시려는 건 아니죠?

흥미가 생기는 일이라던 분께서?

"그럴 리가요. 지민아."

—검사님!

"예? 왜 그러십니까?"

—당연히 해드려야죠. 농담 좀 해본 거예요.

"그랬습니까? 전 다나 씨께서 뭘 좋아하시나 지민 씨한테 물어보려고 했었는데 아쉽게 됐네요.

—호호호… 부끄럽게 저한테 물어보시면 되지, 뭘 지민이한테 물어보려고 하세요.

뜻대로 풀리지 않아 화가 난 것인지, 그녀의 목소리엔 날이 서 있었다.

—검사님, 지민이한테 할 말이 있었는데 잠시 바꿔주시겠어요?

"아, 죄송합니다. 사무실 밖이라는 걸 잠깐 깜박했네요. 말씀해 주시면 금방 들어가서 지민 씨한테 전해 드리겠습니다."

—지금 뭐라고 하셨나요?

"왜 그러십니까? 무슨 문제라도 있으십니까?"

—아니요… 검사님의 다른 면도 엿본 것 같고 즐거운 통화였던 것 같아요. 부탁하신 건 확인해 보고 바로 연락드릴게요.

"그럼 고생하십시오."

뚝.

호오… 이 아가씨가 이렇게 빨리 통화를 끝낼 때도 다 있네. 이거, 다음에도 한번 써먹어 봐야겠구만.

그나저나 곽 팀장이 저렇게 확신을 하고 있는 상황에서 어설프게 확인이 안 되면 골치깨나 썩겠는걸.

"차라리 동일인이라고 결과가 나오는 게 나을지도……."

그렇게 다나 씨와의 통화를 마치고 사무실로 복귀한 지 10분 정도 흘렀을 때, 책상에 올려둔 핸드폰이 드르륵거리며 움직이기 시작했다.

—지이잉 —지이잉

"여보세요."

—검사님. 저예요.

"예, 다나 씨. 직접 보시니 어떻습니까?"

—바쁘게 움직여야겠지만, 가능할 것 같아요.

"정말… 입니까?"

—제가 언제 허튼소리 한 적 있나요? 그렇다니까요.

"방금 통화할 때까지만 해도 조금 회의적인 말투여서 안 될 줄 알았는데, 다행이네요."

—다행이라고 말씀하시는 분치고는 목소리가 이상한데요? 제 기분 탓인가요?

"그럼요. 지금 제가 얼마나 기쁜지 모를 겁니다. 헌데, 오차가 있을 수도 있다고 하시지 않았습니까?"

—예, 아깐 용현동 사건 현장 사진이랑 영민 군 사건 현장 사진만 비교해 달라는 건 줄 알고, 꽤 오차가 날 것 같다 말씀드린 건데 이 정도면 오차는 5퍼센트 미만일 것 같아요.

"5퍼센트라면… 거의 확실한 거 아닙니까?"

—그렇다고 봐야죠.

"언제쯤이면 알 수 있겠습니까?"

—그리 오래 걸리진 않을 거예요. 한 4시간 정도 걸리지 않을까 싶네요.

"알겠습니다. 그럼 그렇게 알고 있겠습니다."

이거 결과에 따라 수사 방향이 아예 달라지겠는데.

*　　　*　　　*

"그러니까, 지금 오태석이가 아니란 말씀입니까?"

"예, 박 반장님. 국과수의 현장 사진 분석 결과에 따르면, 일치하는 건 신발 사이즈뿐이랍니다."

"어떻게 그걸 알 수 있는지 전 도무지 모르겠네요."

"저도 보기 전엔 믿기 어려웠는데, 3D로 구현한 영상 자료를 보니 믿지 않을 수 없더군요. 가지고 왔으니, 직접 보시죠."

CD 케이스를 받은 박 형사님은 골치가 아프다는 듯 유 형사에게 건네주며 말했다.

"검사님 말씀 들었지. 얼른 틀어봐."

"알겠습니다."

잠시 후, 유 형사가 영상을 틀자, 다나 씨가 직접 녹음한 친절한 멘트들이 흘러나오기 시작했다.

[영상의 이해를 돕기 위해 간단한 설명을 덧붙였습니다. 먼저……]

"허어… 의도적으로 신발 사이즈까지 맞췄다고 봐야 하는 겁니까?"

"예, 그렇다고 보는 게 맞을 겁니다. 용현동 사건과 이번에 폐교회에서 발견된 인물의 걸음걸이와 정영민 군의 사건 현장에서 찍힌 오태석의 발자국과는 꽤나 큰 차이가 있으니까요."

"그럼 수사의 방향을 전면적으로 바꿔야겠군요."

"범인이 다른 인물이라면, 당연히 그래야 하지 않겠습니까."

박 형사님은 도무지 믿을 수 없다는 듯 이미 영상이 끝나 검게 변한 모니터를 한 번 더 바라본 후에야 말을 이었다.

"난감하네요. 이 영상의 설명을 해준 아가씨의 말이 맞다면, 오태석이가 신고 있던 신발 사이즈가 오태석과 이번에 새롭게 파악된 범인 둘 모두에게 맞지 않다는 거 아닙니까?"

"맞습니다."

"오태석! 이 망할 놈의 자식 때문에 수사가 꼬여도 단단히 꼬여 버렸습니다. 검사님, 검찰 쪽에선 이제 어떻게 하기로 했습니까?"

"회의를 해본 결과, 오태석을 계속 추적하면서 이번에 파악된 다른 범인을 찾는 방향으로 수사가 진행될 것 같습니다."

"그게 말처럼 쉽지 않을 텐데요? 검사님께서 따로 생각하신 것은 없으신 겁니까?"

"저요?"

"예, 사실 오태석이 범인이 아닐 수도 있다는 말씀을 처음 꺼내신 건 검사님이시잖습니까?"

'어쩌다 우연찮게 걸려 맞은 상황에서 나라고 뭐 뾰족한 수가 있겠어요'라는 말이 목구멍까지 올라왔다 내려갔다.

"국과수에서 보내온 자료가 이게 다는 아니니 그걸 토대로 추적을 해봐야죠."

"혹시 범인이 사용한 독의 종류를 알아낸 겁니까?"

"아니요. 현장에 남은 신발 밑창 자국으로 범인의 신발 종류를 알아낸 모양이에요."

"그럼, 수배 전단의 특징을 수정해야겠군요."

"예, 어쩌면 금방 목격자가 나올지도 모릅니다."

"그게 무슨 말씀이십니까?"

"조단화 시리즈 중 하나라고 하던데, 그냥 딱 봐도 평범한 신발이 아니더라고요."

"수사관님과 검사님, 두 분께서 그렇게 웃으시는 걸 보면 그 신발이 예사 신발은 아닌 것 같은데 혹시 단순한 제 착각입니까?"

"아니요. 반장님 예상이 맞습니다. 직접 보시면 아실 겁니다. 수사관님. 보여 드리세요."

"예, 검사님."

수사관이 건넨 핸드폰을 확인한 박 형사님은 이딴 걸 대체 누가 신고 다니냐는 듯한 눈빛으로 액정을 뚫어져라 바라보고 있었다.

하긴 무지개도 아니고 이건 뭐… 퍼즐을 짜 맞춰놓은 것 같은 문양의 신발을 가져다가 온갖 물감으로 버무린 게 아닐까 하는 생각마저 들 정도였으니, 박 형사님이 저럴 만도 하지.

"검사님… 이거 아무래도 오태석과 친분이 있는 사이니 적어도 40대 초반일 거라고 예상했던 범인의 연령대도 수정해야 할 것 같은데요?"

"안 그래도 그 말씀을 드리려고 했었습니다."

"다들 대체 신발이 어떻게 생겨먹었길래 그러시는 겁니까?"

김 형사가 더 이상 못 참겠단 얼굴로 박 형사님께 다가갔다.

"허! 이걸 신고 다닌 걸 알았으면 벌써 잡고도 남았을 것 같은데요? 검사님답지 않게 너무 엄살을 부리신 것 같습니다~"

"하루 전에 알았다면 김 형사님 말씀대로 제가 엄살을 부린 거겠지만, 벌써 시간이 꽤 흘렀잖아요."

"하긴 수배 전단이 뿌려지면 곧바로 신발부터 바꿔 신겠군요. 이거, 조금만 일찍 알았다면… 좋았을 뻔했습니다."

"그러게 말이에요. 꼬이려니 별게 다 꼬이네요."

"더더욱 범인의 연령대를 파악하는 게 중요할 것 같습니다."

"예, 반장님. 제 생각도 그편이 오히려 범인을 잡는 데 도움이 될 것 같아요."

"검사님께선 이놈의 나이가 몇 살일 거라고 짐작하고 계십니까?"

"8년 전, 아니, 어쩌면 그전일 수도 있긴 하지만 오태석과 친분을 쌓을 나이대라면, 오태석이와 10년 이내의 차이여야 서로 말이 통하지 않았을까요?"

"허어… 그럼 8년 전에 최소 20대 중반은 넘었다고 봐야겠군요."

"뭐 오태석의 성격을 알아야 좀 더 정확히 알 수 있겠지만, 지금으로선 그렇다고 봐야죠."

"말씀 중에 끼어들어 죄송하지만, 알고 계셔야 할 것 같은데 잠시 실례해도 되겠습니까?"

"그럼요. 유 형사님. 중요한 내용인 것 같은데 말씀해 보세요."

"예. 그게 다름이 아니라 목격자의 증언에 따르면, 분명 범인이 신고 있던 신발의 색상은 검정색이었다고 했습니다."

역시 유 형사라니까. 언제나처럼 핵심을 파고드는구만.

"검사님의 표정을 보니, 제가 괜한 염려를 했던 모양입니다."

"뭘요. 아닙니다. 유 형사님이 계셔서 제가 얼마나 든든한데요."

"혹시 목격자의 발언은 의심할 필요가 없다고 느끼신 겁니까?"

"설마 그럴 리가요. 목격자였던 김 씨 말고도 참고인으로 소환해야 할 사람이 더 있어서 한 번에 말씀드리려고 했었습니다."

"의심이 가는 자라도 있으신 겁니까?"

"아니요, 반장님. 그런 건 아니구요. 오태석에 대해서 좀 더 자세히 알아봐야 할 것 같아서요."

"아! 오태석의 부인을 말씀하시는 거군요."

"맞습니다."

"그럼 오늘은 늦었으니 내일쯤 소환을 하는 게 나을 것 같군요."

"제 생각도 그게 좋을 것 같습니다. 근데 아무래도 실종된 남편이 살인범이었다는 걸 알고 상심이 클 텐데 오태석의 부인은 직접 찾아가는 게 어떨까 싶습니다."

"예. 그럼 부인 쪽은 검사님 말씀대로 진행하겠습니다."

"대충 수사 방향은 정해진 것 같네요."

"뭐… 정확한 건 내일 조사를 해봐야 확실해질 것 같지만요. 근데 강 의원 쪽은 잠시 수사를 멈추는 겁니까?"

"이번 사건에서 가장 구린 곳인데 멈출 수야 있나요. 내일 강 의원의 부인을 한번 만나보려구요."

"흐음… 실질적으로 강 의원과 가장 많은 시간을 보낸 건 비서나 운전수 쪽일 텐데 부인을 만나보시겠다구요?"

"예, 아무리 시간을 많이 보냈어도 속내에 있는 건 결국 아내에게 털어놓지 않았겠습니까?"

"허허! 아직 결혼도 안 하신 분께서 그리 말씀하시니 조금 이상합니다. 누가 보면 결혼한 지 10년쯤 된 줄 알겠습니다~"

"하하… 그렇게 들렸나요? 괜히 민망해지네요."

"이거 농담 한번 한 건데 얼굴이 빨개지신 걸 보니 제가 미안해집니다."

"괜찮습니다. 사실 맞는 말인걸요. 아무튼 바쁘실 텐데, 저희가 너무 오래 머문 것 같네요."

"벌써 가시려는 겁니까?"

"그래야죠. 아! 깜박하고 말씀을 못 하고 그냥 갈 뻔했네요."

"예?"

"별건 아닙니다. 팀장님께서 수사를 좀 더 원활하게 진행하기 위해 강력 3팀 인원을 저희 쪽으로 파견하는 게 나을 것 같다고 하셔서요."

"아… 그랬습니까? 뭐, 사실 그편이 사건 진행에 대해서 서로 바로바로 알 수 있을 테니, 나쁘지 않을 것 같습니다. 흐음… 파견 인원은 2명 정도면 될까요?"

"예, 팀장님께서도 그게 적당할 것 같다고 하셨습니다. 뭐, 파견 인원은 반장님께서 정해주세요."

"알겠습니다."

"팀장님~"

"이 자식이 근데, 사내놈이 징그럽게 어따 얼굴이 들이대! 빨랑 안 치워?!"

"아니, 팀장님은 왜 맨날 저만 미워하십니까……."

"니가 미워할 짓을 골라 하니까 그런 거 아냐!"

손으로 김 형사의 얼굴을 밀어낸 박 형사님께서 쓴웃음을 지으며 내게 말했다.

"이놈이 검찰청에 발 들일 일은 없으니 너무 걱정하지 마십시오."

"뭐… 김 형사님께서 오셔도 나쁘지 않을 것 같긴 합니다… 그럼 반장님만 믿고 가보겠습니다."

"예. 똘똘한 놈들로 보낼 테니, 염려 마십시오."

*　　　*　　　*

"앞으로 잘 부탁드립니다."

"오… 강력 3팀에서 오기로 한 형사들인가 보구만. 내가 여기 팀장을 맡고 있는 곽만호네. 자네 말대로 앞으로 잘 해보자고."

유 형사와 악수를 마친 곽 팀장이 요리조리 눈동자를 굴리고 있는 민 형사에게 다가가 손을 내밀며 말했다.

"강력 3팀에 있을 때랑 달라질 거 없을 테니 아가씨도 그렇게 긴장하지 않아도 돼요."

"예, 감사합니다."

"그럼 앞으로 잘해봅시다."

흐음… 예상한 범주에서 그리 벗어나지 않는 인선이구만. 하긴 파트너이니 민 형사가 오는 게 당연한 건가. 뭐, 유 형사가 알아서 잘할 테니 걱정할 거리도…….

"죄송합니다!"

없는 게 아니구만… 어떻게 하면 중앙 테이블에 곱게 올려져 있던 파일들을 떨어뜨릴 수가 있는지 참 신기하단 말이야…….

"민 형사님. 괜찮으니까 너무 미안해하지 않으셔도 돼요."

"죄송합니다. 수사관님……."

민 형사의 성격을 잘 아는 오 수사관이 웃으며 그녀를 다독였다.

"뭘요. 제가 미안하죠. 좀 더 안쪽에 뒀어야 했는데, 괜히 저 때문에 민 형사님이 고생하신 건데요."

"그래도……."

"괜찮으니까, 너무 마음 쓰지 마세요."

"감사합니다."

제대로 된 인원을 뽑아 오랬더니 어제 가서 뭘 한 거냐는 듯 쏘아보는 곽 팀장의 눈빛을 보니 어째 죄인이 된 것만 같다.

"최 검사."

"예, 팀장님."

"잠깐 얘기 좀 하지."

부리나케 팀장에게 달려가자 탐탁지 않은 얼굴로 잠시 나를 바라보던 팀장이 입을 뗐다.

"운전수 쪽은 정말 저 둘한테 맡겨도 되는 거야?"

"예, 민 형사는 아직 형사 생활을 한 지 얼마 안 돼서 실수를 좀 하지만 유 형사의 실력만큼은 제가 보장할 수 있습니다."

"그래? 그건 뭐 두고 보면 알겠지. 오늘 강 의원의 부인을 만난다고 했던가?"

"예, 팀장님."

"어떻게 약속은 잡았고?"

"오전 10시에 자택으로 찾아뵙기로 했습니다."

"자네가 실수할 린 없겠지만, 괜히 말실수해서 곤란한 일 없게 잘 하고."

"알겠습니다."

"그래. 늦지 말고 슬슬 출발해."

"그럼 다녀와서 바로 보고드리겠습니다."

떨어뜨린 파일들은 다 치웠는지, 책상을 정리하고 있는 형사들에게 다가가자 유 형사가 고개를 숙여왔다.

"죄송합니다. 이 녀석 때문에……."

"죄송합니다……."

"아니에요. 그럴 수도 있죠. 그것보다 참고인들은 누가 맡기로 했습니까?"

"목격자인 김 씨는 김 형사가 맡기로 했고, 오태석의 부인은 팀장님께서 직접 만나실 것 같습니다. 연락이 오면 바로 검사님께 보고드리겠습니다."

"아니요. 앞으로 보고는 저희 팀장님께 해주세요."

"아… 알겠습니다."

"아무래도 다들 검찰 쪽 인원이라 불편하시겠지만, 이 말밖엔 할 말이 없네요. 앞으로 잘 부탁드립니다."

"저희야말로 잘 부탁드립니다."

"그럼 전 잠깐 밖에 나갔다 와야 하니, 궁금한 점이나 불편한 점이 있으시면 제 후배인 윤 검사나 수사관님들께 물어보시면 친절히 알려줄 겁니다."

"예, 그럼 고생하십시오."

사무실을 나와 주차장에 도착하자 차에 올라타던 수사관이 불안한 눈빛으로 검찰청을 바라봤다.

"왜 그러십니까?"

"아뇨, 아무래도 민 형사님이 조금 걱정돼서요."

"저래 봬도 일 처린 똑 부러지는 아가씨니 그리 염려 안 하셔도 될 겁니다."

"그렇긴 한데… 평소엔 맹한 구석이 있어서 괜히 팀장님께

혼나는 건 아닌가 싶어서요."

"뭐 그것도 다 경험 아니겠습니까?"

"꽤나 냉정하시네요."

"저희가 걱정한다고 달라질 것도 아니니까요. 그리고 가장 걱정해야 되는 건 아무 소득 없이 빈손으로 사무실에 갈지도 모르는 저희 아닌가요?"

"그러네요. 제 코가 석자인데, 오지랖 넓게 민 형사 걱정을 하고 있었네요……."

"일단 안전벨트부터 매시죠. 귀하신 분께서 30분밖에 시간을 못 내주신다니, 뭐라도 건지려면 서둘러야 하지 않겠어요."

"예, 출발하시죠."

강 의원의 알리바이에 문제가 있다는 것은 이젠 나뿐만 아니라 팀원 전원이 강력하게 의심을 하고 있었지만, 나와 수사관의 표정이 밝지 못한 것은 그 강력한 알리바이를 들춰낼 방법이 없을지도 모른다는 불안감 때문일 것이다.

대체 우리가 모르고 있는 게 뭘까? 그리고 왜 그리 필사적으로 감추려는 거지? 어느새 마음속에선 내가 틀렸을지도 모른다는 두려움이 점점 커져만 갔다.

9장

밝혀지는 진실들

"사진으로 봤을 땐 그러려니 했는데 직접 보니까 집이 정말 으리으리하네요."

드라마에서나 볼 법한 정원까지 딸린 고급스러운 저택에 넋을 잃은 수사관은 자신이 입을 벌리고 있단 사실도 눈치채지 못한 채 저택에서 눈을 떼지 못하고 있었다.

"그러게요. 크긴 크네요. 근데 강 의원의 집뿐만 아니라 주변 거리에서만 CCTV가 수십 대는 있었는데, 어떻게 안 걸렸을까요?"

"그러게 말입니다. 이 정도면 사각은 없다고 봐도 될 것 같습니다."

"사각이 없었다면, 운송책이 찍히지 않을 리 없죠. 분명 사각이 있을 겁니다. 저쪽이죠?"

"강 의원의 시체가 발견된 장소 말입니까?"

"예, 사진으로 봐선 저곳이 맞는 것 같은데요."

사람 키를 훌쩍 넘는 담벼락들 사이에서 눈에 익은 곳을 가리키자, 긴가민가하며 고개를 갸웃거리던 수사관이 이내 그곳으로 발걸음을 옮겼다.

"검사님 말씀대로 이곳이 맞는 것 같습니다. 담벼락 밑 벽돌 부분이 살짝 깨져 있는 것도 똑같네요."

"그럼 시체는 이쪽에 있었단 말입니다. 그리고 시체가 발견이 늦어진 것은 강 의원의 차가 세워져 있었기 때문이었구요?"

"예, 맞습니다."

"수사관님이라면 시체를 어떻게 숨겼을 것 같습니까?"

"마대 자루라든지 아니면 저번에 인신매매를 했을 때 쓰였던 그 박스 같은 곳에 넣어서 옮기지 않았을까요?"

"박스에 넣으려면 꽤나 공간이 필요한데 강 의원이 살해당한 날 밤, 승합차는 이 거리에서 찍히지 않았어요."

"이곳에서 살해를 당한 게 아니라면 차 트렁크에 실었다고 봐야 하지 않을까요?"

"그게 지금으로선 가장 가능성이 높죠. 근데 시체를 꺼내서 운반했다면 저 CCTV에 걸리지 않았을까요?"

강 의원의 저택 담벼락 맞은편에 위치한 CCTV를 가리키자 수사관이 고개를 끄덕였다.

"검사님 말씀대로 걸렸을 것 같긴 한데, 정말 이 주변의 CCTV가 이 거리를 전부 커버할 수 있는 걸까요?"

"전부는 아니더라도 이 거리에서 이동한 차량은 CCTV들이 설치된 장소들 중 한 곳에선 무조건 찍힌다고 봐야 하니 커버한다고 봐도 되지 않을까요?"

"하아… 그렇게 생각하니 또 모르겠네요……."

"왜요? 뭔가 떠오르는 거라도 있습니까?"

"그게 떠오를 것 같았는데, 검사님 말씀에 날아가 버렸네요."

"그거 정말 죄송합니다."

"그랬을 리가 있겠어요? 너무 몰두하시느라 여기 온 본래 목적도 잊고 계신 것 같아서 환기 좀 식힐 겸 농담 좀 했습니다."

"하아… 전 제가 수사관님을 방해한 줄 알고 깜짝 놀랐잖습니까……."

"아니었으니 된 거 아닙니까?"

"또 그게 그렇게 되나요? 아무튼 수사관님 말씀대로 그건 사모님부터 만난 후에 생각해 보죠."

띵동, 띵동.

—누구세요?

"안녕하십니까. 오늘 찾아뵙기로 한 남부지검의 최승민 검사입니다."

—아… 문 열었으니 들어오세요.

"예, 그럼 실례하겠습니다."

철컥 하는 소리와 함께 열리는 정문을 통과해 자택의 내부로 들어선 우린 또 한 번 놀랄 수밖에 없었다.

"와… 밖에서 볼 때보다 훨씬 넓은 것 같은데요?"

"그러게 말입니다. 평당 억대의 부지라 그런지, 억 소리가 절로 나네요."

"하……."

"왜 그러십니까?"

"가끔씩 하시는 그 이상한 유머만큼은 적응이 안 돼서요. 어떻게 지금이라도 웃어드릴까요?"

"그럼 제가 너무 비참해질 것 같으니, 사양하도록 하겠습니다."

나름 나쁘지 않았다고 생각했건만… 몸뚱이가 젊으면 뭘 하나, 그 안엔 백발인 성성한 놈이 들어 있는데…….

"갑자기 왜 멈추십니까? 혹시 기분 나쁘셨다면……."

"아닙니다. 뭐 기분이 좋다고는 말씀드릴 수 없지만 그렇다고 화낼 상황도 아닌걸요. 가시죠."

"예, 그러죠~"

분명 미간을 찌푸리고 있을 텐데, 뭐가 그리 웃기다고 저리 웃음을 참는 건지 모르겠네. 하여간 은근히 특이한 성격이라니까.

"안녕하십니까."

"예, 반가워요. 이쪽으로 앉으세요."

사모님이 고풍스러운 가구들이 놓인 응접실 벽 한쪽을 전부 차지하고 있는 소파를 가리켰다.

"감사합니다. 헌데, 괜히 저희가 부인께 실례하는 것은 아닌지 모르겠습니다."

"그게 무슨 말씀이신가요?"

"안 좋은 기억을 다시 떠올리게 만드는 게 아닌가 해서… 죄송합니다. 제가 괜히 주제넘는 말을 꺼낸 것 같습니다."

"아니에요. 저희 남편을 살해한 자를 잡기 위해 애쓰시는 분이신데요. 걱정해 주셔서 감사합니다."

귀티가 흐르는 옷소매를 살짝 걷은 사모님은 괜찮다는 듯 미소를 지으며 가정부가 내온 차를 우리에게 권했다.

"감사합니다."

성의를 생각해 찻잔을 들어 한 모금 마시니 떨떠름한 홍차의 맛이 입가에 맴돌았다. 예슬인 이걸 왜 좋아하는지 모르겠다니까.

"아무래도 검사님 입엔 안 맞으시는 모양이네요? 다른 차를 내오라고 할까요?"

"아닙니다. 괜찮습니다. 처음 먹어보는 거라 생소하긴 하지만, 좋은데요?"

"그렇다니 다행이네요."

강 의원의 손가락이 그 배 안에서 발견되기 전까진 이 사람도 가장 유력한 용의자 중 한 명이었으니 꽤나 조사를 많이 받았을 텐데. 태연하게 우릴 맞는 걸 보면 보통내기는 아니란 말이지.

이거 적이 아니길 바래야겠구만.

"젊으신 분들과 티타임을 갖는 것도 나쁘진 않지만, 두 분께선 제가 물어볼 게 있으시지 않으신가요?"

"아… 죄송합니다. 그럼 말씀대로 몇 가지 질문을 드려도 되겠습니까?"

"그럼요."

"혹시 부군께서 살해당하신 날 밤 불안해했다거나, 아니면 평소에 하지 않던 행동을 하진 않으셨나요?"

"아니요. 그날 밤은 아직도 생생하지만, 그 사람이 특별히 다른 날들과 다른 행동을 하진 않았었어요."

"그렇군요. 그럼 살해당하기 전에 혹시 지인들 중 누군가를 만났다거나 한 적은 없습니까?"

"뭐, 같은 당원들을 만난 적은 있다고 들었어요. 강권혁 의원과 특히 자주 만났다고 듣긴 했지만, 그건 늘 있던 일이에요."

특별한 일은 아니다?

"그날 밤에 있던 일을 자세하게 말씀해 주실 수 있겠습니까?"

"그러니까… 일정을 마치고 샤워를 한 후에 뉴스를 잠깐 보고는 평소처럼 일찍 잠자리에 들었어요. 분명 제 옆에서 코까지 골면서 자고 있었는데……."

"불편한 기억을 떠올리게 해서 죄송합니다."

"아니에요… 수사관님이라고 하셨죠? 고마워요."

수사관이 건넨 손수건으로 눈물을 닦던 사모님이 울먹이는 목소리로 힘겹게 입을 뗐다.

"아직도 어떻게 그이가 집 앞에서 죽어 있었는지… 정말 모르겠어요… 제가 수사를 방해하는 것 같네요… 검사님, 괜찮으니까 계속해 주세요."

전혀 괜찮아 보이지 않는 사모님에게 또다시 비수를 꽂는 질문을 하려니 마치 내가 나쁜 놈이 된 것만 같다.

"정말 괜찮으시겠습니까? 조금 쉬었다가 계속 하는 편

이…….”

그녀가 단호하게 고개를 저으며 계속 하라는 손짓을 해왔다.

“알겠습니다. 오래돼서 기억을 해내기 힘드시겠지만, 부군께서 평소 일정을 변경했던 일이 있으십니까?”

“그이가 살해당한 날을 말씀하시는 건가요?”

“아니요. 살해당하기 일주일 전에서 한 달 사이의 일이라면 상관없습니다.”

“일정을 바꾼 적은 없었어요. 아…….”

“왜 그러십니까?”

“별거 아니에요… 괜히 말을 꺼냈다가 수사에 혼선만 줄 것 같네요.”

“괜찮으니까, 말씀해 보세요.”

“그러니까, 그이가 살해당하기 2주 전이었던가? 정확히는 잘 모르겠어요. 갑자기 여권을 찾았던 적이 있었거든요.”

여권? 심상치 않은 낌새를 느낀 건 수사관도 마찬가지였는지 그녀를 바라보자 날카로운 눈빛으로 고개를 끄덕였다.

“여권이라면 어디 해외로 나가시려고 했던 것 같은데요?”

“저도 그런 줄 알았는데, 그냥 갱신할 때가 된 것 같아서 확인을 한 거더라구요. 실제로도 그이가 외국에 나갔던 기억은 없었구요. 죄송해요. 그이와의 추억이 떠올라서, 제가 본의 아니게 두 분을 오해하게 만들었네요."

어쩌면 강 의원이 외국에 갔던 사실을 부인이 몰랐던 걸 수도 있어.

"혹시 여권을 확인해 보신 적 있으십니까?"

"아니요. 그이가 TV에선 깐깐하고 철두철미한 이미지이지만 의외로 덤벙거리거나 하려던 일을 까먹기 일쑤였거든요. 날짜가 다 돼서 갱신을 한다더니, 며칠 뒤에 서랍 정리를 하다 보니까 그대로 들어 있더라구요."

"괜찮다면 그 여권을 좀 확인해 봐도 되겠습니까?"

"그럼요. 이쪽으로."

사모님을 따라 도착한 강 의원의 서재에는 고급스러운 하드커버의 오래된 외국 서적들이 빼곡히 꽂혀 있었다. 그 수많은 책들을 보고 있자니, 정말 강 의원이 생전에 저것들을 다 읽었을까 하는 의문마저 생겼다.

여권을 보러온 사실조차 잊은 채 방을 둘러보는 내게 사모님이 미소를 지으며 말했다.

"검사님. 여기 여권이요."

"아… 감사합니다."

어디 보자. 잠깐, 당연히 관용여권일 줄 알았는데 왜 일반여권이지?

"강 의원께선 관용여권을 사용하시지 않으셨던 겁니까?"

"예. 공무를 보러 가는 것도 아닌데 굳이 관용여권을 발급받을 필요가 있냐면서 그냥 일반여권을 사용했었어요."

정말 그것 때문이었을까?

"그렇군요. 근데 당시로 따지면 만료일이 1년은 넘게 남아 있는데요?"

"아마 그래서 그냥 두었나 봐요. 그이가 그런 적이 한두 번이 아니거든요."

어디 보자… 그래도 여행은 꽤 다닌 모양이네.

"강 의원께서 유럽도 다녀오셨었네요."

"예, 저희 결혼기념일에 다녀왔었어요."

또다시 추억을 떠올린 것인지 사모님은 씁쓸한 눈빛으로 여권을 바라보며 옅은 미소를 짓고 있었다. 괜한 걸 물어본 것 같은 미안한 마음 때문인지 나도 모르게 빠른 속도로 여권의 페이지를 넘겼다.

어라? 잠깐…….

"혹시 살해당하기 일주일 전쯤에 부군께서 필리핀에 다녀오신 것 알고 계셨습니까?"

"필리핀이요? 아니요? 저한테 그런 말 한 적 없는데요… 정말이에요?"

그럴 리가 없단 듯 커다래진 눈동자로 사모님이 내게서 여권을 빼앗다시피 가지고 갔다.

"정말… 이네요… 왜 저한테 말을 안 했던 건지 이해를 할 수가 없네요. 평소엔 전부 소소한 것까지 저랑 상의를 했던 사람인데……."

상당히 큰 충격을 받았는지 그녀는 잠시 몸을 가누지 못하고 비틀거렸다.

"괜찮으십니까? 일단 의자에 좀 앉으시죠."

"고마워요."

의자에 앉는 그녀의 어깨를 부축한 내 손으로 떨림이 그대로 전해졌다. 정말 모르고 있었던 건가? 부인한테조차 말을 꺼려야 했던 일이 뭐가 있을까나…….

"어쩜 이렇게 저까지 감쪽같이 속였는지 모르겠네요. 이 능구렁이 같은 양반이 필리핀에서 대체 뭔 짓을 했던 건지……."

이제야 좀 진정을 한 것인지 사모님은 살짝 삐친 듯한, 아니, 섭섭해하는 어조로 말을 흐렸다.

"혹시 강 의원님께서 필리핀에 갈 만한 이유가 뭔지 아십니까?"

"아니요… 모르겠어요."

"혹시 지인이 있다거나 했던 건 아니구요?"

"그곳에 지인이 있단 말은 들은 적도 없어요. 왜 그이가 필리핀에 갔는지 정말 모르겠네요."

이거야 원. 대체 어떻게 된 거야? 그래도 운송책이 몸담고 있던 조직이 있는 필리핀에 갔던 사실을 알았으니, 실마리를 잡긴 한 것 같은데 대체 어디서부터 이걸 풀어가야 하나.

*　　　　*　　　　*

"혹시라도 뭔가 떠오르는 게 있으면 언제라도 이 번호로 연락 주십시오."

"예, 그럴게요."

"그럼 이만 실례하겠습니다."

정문까지 배웅을 나온 사모님이 집 안으로 들어가는 것을 확인한 수사관이 내게 물었다.

"사모님은 정말 모르는 것 같던데요?"

"예, 수사관님. 많이 놀란 것처럼 보였어요."

"하필 살해당하기 전에 간 곳이 필리핀이라… 검사님, 우연이라고 보기엔 너무 이상하지 않으세요?"

"왜 안 그렇겠어요. 그런 우연이 있을 리가 없잖습니까. 모르긴 몰라도 그곳에서 어떤 식으로든 운송책과 접점이 있었을 겁니다."

"접점이라… 대체 어떤 접점이 있는 걸까요?"

"그건 지금부터 알아봐야죠."

헌데, 내 직감으로는 그것보다 더 시급한 문제가 생긴 것 같단 말이지.

"그럼 바로 검찰청으로 복귀하죠."

"예, 그래요."

필리핀이라… 가본 적 없는 곳인데, 하도 많이 듣다 보니까 다녀온 것만 같네. 그러고 보니까 남해에서 지민이 녀석 아버님을 도와드렸던 그 마약 사건도 필리핀 범죄 조직과 관련이 있지 않았나?

"검사님."

"예?"

"예라니요? 벨트 안 매십니까?"

"아… 죄송해요."

"무슨 생각을 하셨길래 그렇게 멍하니 계셨습니까?"

"그냥……."

—지이잉 —지이잉

"잠시만요. 여보세요."

—안녕하십니까? 혹시 바쁘신데 제가 통화를 한 건 아닌지 모르겠습니다.

이 양반이 직접 연락을 한 걸 보면, 중요한 일인 것 같은데 어찌해야 하나? 할 수 없지.

"괜찮습니다. 유 이사님. 말씀하시죠."

—이거 다행입니다. 실은 다름이 아니라, 재단 사업으로 계

획된 청소년 복지원을 세울 적당한 부지를 찾게 돼서 연락을 드렸습니다.

"그러셨군요."

―혹시 괜찮으시다면 오늘 함께 답사를 가면 어떨까 싶은데, 괜찮을까요?

"죄송합니다만, 이번 주말까지는 제가 시간이 나지 않을 것 같습니다. 일단 주영선 변호사님과 함께 확인을 해주시겠습니까?"

―그러십니까? 알겠습니다… 그럼 그렇게 처리하도록 하겠습니다.

"그럼 고생하십시오."

부지라… 그렇게 찾을 땐 안 나오더니, 꼭 이럴 때 나타난다니까.

"무슨 일이십니까? 유 이사님이라니요?"

"그게 아버지 지인분이세요."

"아, 그렇습니까? 그런데 변호사까지 관련이 된 일이라면 혹시 그분께서 무슨 사건에 연류된 겁니까?"

"아니요. 토지 구매 때문에 저한테 자문을 구하신 거예요."

"그러셨군요."

이 아가씨야. 눈을 그리 흘기면서 그러긴 뭘 그래.

"근데 부담스럽게 갑자기 왜 그렇게 쳐다보십니까?"

"아무리 검사라고 해도 초임이신 분이 씀씀이가 상당히 크셔서 의문이었는데, 이제야 그 비밀을 알 것 같아서요."

"제가 씀씀이가 큰지 수사관님께서 어떻게 아십니까?"

"한두 번도 아니고 매번 야식을 사셨는데, 당연히 알죠."

"이거 비약이 너무 심하신 것 같은데요."

"글쎄요? 가만 보면 검사님께선 참 비밀이 많으신 것 같습니다."

그저 말할 필요가 없을 뿐이지.

"딱히 숨기는 건 없습니다."

"그건 뭐 두고 보면 알겠죠."

"이제 그만, 별거 아닌 제 개인사보다는 사건에 집중하죠."

"어머? 지금 말 돌리시는 건가요?"

하여간… 아주 좋아죽으려고 하시는구만. 나 없었으면 아주 어쩔 뻔했어.

"수사관님……."

"알겠어요. 그래도 가끔 이렇게 숨이라도 돌려야 힘이 나죠."

그러세요. 덕분엔 축 처진 내 어깨는 안 보이시나?

*　　　*　　　*

"그러니까 지금 강 의원이 필리핀에 다녀온 후 일주일 뒤쯤에 살해를 당했다?"

"예, 팀장님. 근데 조금 이상한 점이 있습니다."

"어디 내가 한번 맞춰볼까?"

"예?"

"뭘 그리 놀라? 왜 싫은가?"

"아니, 그런 건 아닙니다."

"그래? 자네가 품고 있는 그 의문점이 혹시 어떻게 그런 중요한 사실을 대검 특수부씩이나 되는 조직이 까마득히 모르고 있었냐는 점 아닌가?"

이거 따로 설명할 필요가 없어서 다행이구만.

"예, 맞습니다. 역시 팀장님이십니다."

"입에 발린 아부는 거기까지만 하게."

"불쾌하셨다면 죄송합니다."

단서가 나와서 그런 걸까. 아침까지만 해도 오만상을 찌푸리던 그가 '허허' 하고 웃으며 농담을 해왔다.

"괜찮아. 불쾌한 것까진 아니니까. 단지 자네들 보기 민망해서 그런 걸세."

"다행입니다. 전 제가 팀장님의 기분을 언짢게 한 것은 아닌지 걱정했었습니다."

"쓸데없는 걸 걱정했어. 괜찮으니까 그런 염려는 하지 않아도 돼."

"감사합니다. 근데, 이제 어떻게 하실 겁니까?"

"뭘 어떻게 해? 조사를 해봐야지."

"하지만 팀장님께서도 알고 계시다시피 대검 특수부가 쉬쉬했다는 건……."

"그래. 분명 누군가가 중간에서 장난을 쳤겠지. 그건 필시 필리핀에 간 것이 강 의원뿐만이 아니란 것일 테고."

"예. 그렇긴 하지만, 대검 쪽에서 일부러 감췄다면 사건과는 무관한 일이라고 판단했을 가능성이 높습니다."

"오늘따라 자네답지 않게 왜 이리 겁을 먹은 게야? 그랬다가 대검 쪽에서 잘못 판단한 거라면 어쩌려고?"

왜겠어. 섣불리 나섰다간 죽도 밥도 안 될 것 같으니 이런 거잖아.

"왜 말이 없어? 오호… 이제 보니까, 내가 이 일을 감당할 수 없다고 생각하나 보구만."

"그럴 리가요… 당치 않는 말씀입니다."

"아니야. 내가 자네라도 충분히 그렇게 생각했을 거야. 다른 자들도 아니고, 현직 국회의원님들을 상대해야 되는 일이니 말이야."

무슨 방법이라도 있다는 건가?

"평소라면 자네의 생각이 맞네. 내 힘으론 턱도 없는 일이야."

평소라면……?

"하지만 이 사람아, 지금은 우리도 호랑이 등에 타고 있다는 걸 잊으면 안 되지."

호랑이 등? 설마……?

"이제 대충 감이 잡히나 보구만. 최 검사."

"예, 팀장님."

"강 의원이 필리핀으로 출국한 날, 같이 갔던 자들이 누구인지 알아보게."

"지금 바로 알아보겠습니다."

*　　　　*　　　　*

"황서득, 고필명, 정두흠, 장정도, 백철중. 허허… 이것 봐라? 이름만 들어도 쟁쟁한 분들이 한날한시에 떠났다? 예상대로 단순한 여행은 아니었나 보구만."

출국 명단을 확인한 곽 팀장이 기가 차다는 듯, 테이블을 '쾅' 하는 소리가 날 정도로 세게 내려치며 물었다.

"어이, 최 검사."

"예. 팀장님, 말씀하십시오."

"자네라면 이 중에서 누구한테 묻겠나?"

"저라면… 아무래도 백철중 의원에게 물을 것 같습니다."

"흐음… 왜지?"

"강 의원이 없는 상황에서 뒷수습을 했던 건 2인자였던 백 의원이지 않습니까. 아무래도 다른 자들보다는 사건의 내막을 자세히 알고 있지 않겠습니까?"

"그럴 테지. 그 양반의 소문이 사실이라면 쉽지 않겠구만."

소문?

"무슨 소문인지 알 수 있겠습니까?"

"뭐, 상대하기 까다로웠다는 거지 뭐겠어. 그나저나 미안하게 됐구만."

"예?"

"자리는 내가 마련하겠지만, 보는 시선들이 있어서 내가 직접 움직이지는 못할 것 같아."

이 양반은 조금 다를 줄 알았는데, 역시나인가. 이거 아무래도 또 독박을 맞게 생겼구만…….

"아무래도 이 사건의 총괄자인 내가 직접 움직인다면 그쪽에서도 탐탁지 않을 테고 말이야. 어때, 맡아보겠나?"

빠져나갈 구멍도 주지 않아 놓고선 맡아보겠냐는 무슨.

"맡겨만 주십시오."

"그래. 자네라면 그럴 줄 알았네."

만족스럽다는 듯 만면에 미소를 품은 그가 전화기를 들었다.

"안녕하십니까. 백철중 의원님 맞으시죠? 서울 남부지검 강력 5팀 팀장을 맡고 있는 곽만호라고 합니다. 다름이 아니라, 제가 지금 맡고 있는 사건 때문에 백 의원의 도움이 조금 필요해서 연락을 드렸습니다."

이야기를 들은 백 의원이 곽 팀장에게 질문을 하는 것인지, 곽 팀장은 간혹 '예'라는 말과 함께 그에게 맞장구를 쳤다.

"영장을 발부해 오라구요? 영장을 들고 저희가 그쪽으로 가면… 곤란해지는 건 저희가 아니라, 의원님이십니다. 영장을 받아낼 자신이 없는 게 아니냐구요……?"

잠시 후, 여태껏 공손한 어조로 대꾸를 하던 곽 팀장이 맞나 싶을 정도로 싸늘한 목소리가 고요한 사무실에 울려 퍼졌다.

"이보세요. 백 의원님. 저희가 무슨 수사를 하고 있는지 방금 말씀드렸을 텐데요? 아신다고요?"

그 순간 전화기 너머로 백 의원의 고함 소리가 들려왔다.

—야, 이 개새끼야! 지금 일개 팀장 주제에 누굴 협박하는 거야! 당장 옷 벗고 싶어?!

"진짜 협박이 뭔지 모르시나 봅니다. 백 의원님. 지금 감이 안 잡히나 본데, 이 사건이 잘못되면 옷을 벗는 건 제가 아니라 검찰총장님이십니다."

뭐? 대체 이 양반이 지금 뭐라고 하는 거야? 곽 팀장의 태연한 어조와는 달리 그가 내뱉은 말의 무게는 상상을 초월하는 것이었다. 검찰총장이 옷을 벗는다고?

"알고 계시겠지만, 그분께서 직접 기자회견까지 한 사건이에요. 거기다가 대규모 체포 작전까지 수포로 돌아간 지금, 검찰총장님께서 이 사실을 알면 어떻게 될 것 같습니까?"

백 의원이 곽 팀장에게 무슨 이야기를 했기에, 그가 저리 서늘하게 웃는 거지?

"30분 뒤에 저희 팀원 검사가 백 의원님 사무실에 도착할 겁니다. 만에 하나 백 의원님께서 협조를 거부하신다면, 그땐… 저를 만나게 되실 겁니다. 강 의원 살해 사건의 유력한 용의자 혹은 필리핀 원정 도박을 벌인 야당의 수장이란 타이틀을 가지고 말입니다. 그렇게 되길 바라시진 않으시겠죠?"

곽 팀장의 말이 끝나기가 무섭게 악에 받친 백 의원의 외침이 들려왔다.

—그런다고 내가 무서워할 것 같아?! 표적 수사를 한 검찰이라… 언론사에서 참 좋아하겠어!

"그것보단 제가 말씀드린 백 의원님의 타이틀에 더 눈독을 들일 것 같은데요? 뭐, 그렇게 생각하신다면 저도 더 드릴 말씀은 없습니다. 아… 청렴결백한 이미지 하나로 여기까지 오신 분이신데, 제가 다 안타깝네요. 필리핀까지 다녀온 기록이 있으니, 아무리 진실이라고 말해도 여론이 믿어줄지… 의원님께서 아시다시피 여론이란 게 참 냉정하잖습니까."

곽만호… 내가 오해를 한 모양이야. 이제서야 제대로 된 상관을 만나게 됐구만.

"이거 바쁘신 분의 시간을 너무 뺏은 건 아닌지 모르겠습니다. 협조해 주셔서 감사합니다."

드디어 백 의원이 백기를 든 건가?

"최 검사."

"예, 팀장님."

"뭐 하고 있어? 지금 당장 백 의원 사무실에 다녀오지 않고?"

"바로 출발하겠습니다."

"아! 잠깐."

"왜 그러십니까?"

"윤 검사도 데려가게."

"예, 알겠습니다. 윤 검사."

"예, 최 선배님."

"팀장님 말씀 들었지?"

"그럼요! 그럼 바로 출발하면 될까요?"

* * *

"윤 검사."

"예? 왜 그러신가요?"

"아니, 뭔가 잘못된 거 같지 않아?"

"뭐가 말씀이십니까?"

"왜 윤 검사가 내 차에 타고 있냔 말이지."

"왜긴요. 이편이 효율적이니까 그렇죠? 혹시 차 수사관님과 함께 타는 게 불편하신 건가요?"

그쪽 아니라 너거든요. 또 얼마나 재잘재잘대려고 벌써부터 그리 싱글벙글이신지…….

"최 검사님. 윤 검사님 말씀대로 제가 불편하신 거면……."

"아니요. 그럴 리가요. 윤 검사가 불편하면 불편했지 차 수사관님은 대환영입니다."

"그렇다는데요? 윤 검사님."

"원래 최 선배가 부끄럼이 많으시거든요. 꼭 좋다는 걸 저리 돌려 말하세요."

턱 하니 보조석에 앉는 그녀를 차 수사관이 떨떠름한 표정으로 바라보다 마치 상사의 죄를 대신 사죄라도 하는 것처럼 내게 고개를 꾸벅 숙여왔다.

"선배, 30분이면 빠듯할 텐데 다 탄 것 같으니 출발하죠."

다 팔자인 걸 어쩌겠냐… 승민아…….

"그래, 출발하자."

"근데, 선배."

"왜?"

"필리핀 범죄 조직이 원래부터 한국에서 활동을 많이 했었나요?"

"그건 갑자기 왜 물어?"

"아니, 전에 아버지 사건 때문에 임 선배랑 선배 조언 구했었잖아요."

"아… 무슨 마약 사건이었다고 했나?"

"오~ 선배, 기억하시네요?"

"오래된 것도 아닌데 당연히 기억해야지. 잘 끝났다며? 설마 그것도 필리핀 조직이 관여한 거야?"

"예. 아버지께 들은 바로는 필리핀 범죄 조직이랑 관련된 일이었다고 해서요."

지민이 녀석도 같은 걸 떠올린 걸 보면, 역시 다들 생각하는 게 비슷한가 보구만.

"그래? 그것도 한국계 조직이 관련된 거야?"

"글쎄요. 아버지께선 그냥 잘 해결됐다고만 말씀하셔서요. 아! 다나라면 혹시 알지도 모르겠네요."

"홍다나 씨? 다나 씨가 그걸 어떻게 알아?"

"섬에서 발견된 증거물을 확인해 준 게 다나라던데요?"

"흐음… 그랬다면 알 수도 있겠네."

"백 의원 사무실에 다녀오면 한번 물어봐야겠어요. 선배 생각은 어때요?"

"놈들이 같은 조직이었다면 일이 쉽게 풀릴지도 모르니 나쁘지 않은 것 같아."

"예. 아직 밝혀내지 못한 강 의원 살인 사건의 진범도 찾아낼 수 있을지도 모르고요."

"그렇지. 아마도 그럴 확률은 희박하지만."

"그건 왜요?"

"같이 일했던 일당들도 모르는 자를 그놈들이라고 알까 싶어서."

"하긴 그렇긴 하네요."

"그래도 일말의 가능성이 있다면 시도는 해보는 편이 낫지 않을까요?"

"예, 차 수사관님. 당연히 그래야죠."

"근데, 선배."

—목적지 주변에 도착했습니다. 경로 안내를 종료합니다.

"후배님. 못다 한 이야기는 이따 합시다. 다들 내리시죠."

* * *

"다들 반가워요."

그리 반갑지 않을 텐데. 미소까지 짓는 걸 보면, 이래서 연륜은 무시 못 한다니까.

"바쁘실 텐데 시간 내주셔서 감사합니다."

"나보다야 자네들이 바쁘지. 최 검사라고 했던가?"

"예, 의원님."

"잘 부탁하네."

먼지 한 올 없이 깔끔한 정장 차림으로 악수를 청하는 백 의원의 모습은 TV에서 보던 그대로 중후한 노신사를 떠올리게 만들었다.

"저야말로 잘 부탁드립니다."

"그럼 시작해 보자구."

"예. 먼저, 강 의원님과 함께 필리핀으로 가신 게 맞으십니까?"

"그랬지."

"백 의원님 말고도 여러 의원님들이 함께 가신 것으로 아는데, 무슨 특별한 이유라도 있으십니까?"

"이유는 무슨… 그저 당원들과의 유대를 돈독히 하기 위해서였네."

유대를 돈독히 하기 위해서 필리핀까지 갔다고? 동네 개도 그 말은 믿지 않을걸.

"그랬군요. 혹시 여행 중에 강 의원님께서 뭔가 불안해 보인다거나, 특별한 행동을 한 적은 없습니까?"

"글쎄… 하도 오래된 일이라… 잘 기억이 나지 않네만. 그래… 그 어디였더라? 마닐라였나? 세부였던가?"

턱수염을 매만지며, 무언가 골똘히 생각하던 그가 잠시 후 입을 열었다.

"그래… 마닐라였던 것 같네. 저녁 식사를 마치고 숙소로 돌아가기 전에 간단히 주변 관광지를 둘러봤던 게 기억나네."

주변 관광지라…….

"거기서 무슨 일이 있었습니까?"

"잠시 강 의원께서 볼일이 있으니, 우리들 먼저 숙소에 가보라고 했었네."

"강 의원님께서 왜 그러셨는지 모르십니까?"

"워낙 돌출 행동을 많이 하신 분이어서 이번에도 그런가 싶었네. 게다가 그분께서 숙소에 돌아왔을 땐 기분이 좋아 보이셔서 애처가이신 강 의원께서 부인 선물이라도 발견한 게 아닐까 그리 생각했었네."

흐음… 기분이 좋아 보였다……? 이상한데… 강 의원이 단순히 아내의 선물을 샀던 거라면, 분명 설 부인이 말을 했을 텐데?

"저… 의원님."

"음? 윤지민 양이라고 했던가?"

"예. 맞습니다, 의원님."

"이거 아직 내 기억력이 녹슬지 않았구만. 그래요. 아가씨께선 어떤 게 궁금하신가요?"

"혹시 여행을 가셨을 때, 수행원 없이 의원님들만 가셨는지요?"

"그럴 리가 있겠나. 개인 비서는 포함된 여행이었네. 여행이라고는 하지만 정치적인 면이 없지 않겠나."

"그렇군요."

흐음… 차 수사관이 지민이한테 무슨 귀띔을 줬길래, 저런 질문을 한 거지?

"그래, 다른 질문은 또 없으신가?"

"예, 없습니다."

"최 검사, 자네는?"

"혹시 강 의원님께서 누구를 만났다던가 했던 적은 없습니까?"

"글쎄, 내 기억으로는 없네. 아까 말했던 것처럼 잠시 강 의원께서 개인행동을 했을 때면 모를까."

"그럼, 강 의원님의 비서도 그때 의원님들과 함께 숙소로 복귀했었습니까?"

"흐음… 그건 아니네만, 강 의원님보다 먼저 숙소로 온 건 확실하네. 왜 혼자 돌아왔냐고 정 의원이 그에게 물었으니까."

먼저 숙소로 왔다면, 비서에게도 비밀로 해야 할 사연이 있었다는 건데……? 대체 뭐지?

"그랬군요. 실례가 되지 않는다면 자세한 필리핀 여행 일정을 알 수 있을까요?"

"그야 어렵지 않네. 어디 보자. 마닐라 공항에 도착해서 숙소를 잡고, 주변 유명 관광지를 둘러보다가 다음 날, 세부 섬으로 가서 예약한 휴양지에서 하루 정도 쉬다가 귀국했네."

"중간에 특별한 장소를 갔다거나, 방금처럼 강 의원님께서 다른 행동을 한 적은 없습니까?"

"내 기억엔 없네. 그런 일이 있다면 왜 말을 안 했겠어. 숨겨서 득 될 게 뭐가 있다고 말이야. 아무튼 내가 알고 있는 건 이게 전부일세."

"알겠습니다. 시간 내주셔서 감사합니다."

"괜찮네. 이거 먼 길을 오셨는데, 도움을 못 준 것 같아 미안하구만."

"아닙니다. 충분히 도움이 됐습니다. 그럼 이만 실례하겠습니다."

사무실을 나서자마자 오 수사관이 안타깝다는 듯 한숨을 내쉬었다.

"아쉽네요. 백 의원을 좀 더 캤어야 했는데 생각했던 것보다 알아낸 게 없네요……."

"그러게요. 외국에서 벌어진 일인 데다가 시간이 워낙 많이 지난 일이라, 백 의원이 모르쇠로 일관을 하니 딱히 캐물을 방법도 없고."

"그나마 강 의원이 독단적으로 행동을 했었다는 것을 알아내서 다행이네요."

"예, 문제는 죽은 강 의원에게 직접 묻지 않는다면, 그가 무엇을 했는지 알아낼 방법이 없다는 거죠."

대체 무슨 일이 있었던 거지. 분명 지인은 없다고 했었는데… 설마 부인이 거짓말을 한 건가?

"선배."

"왜?"

"백 의원이 안 된다면, 다른 사람한테 물으면 되잖아요."

"다른 사람?"

"예, 백 의원보다 더 자세히 아는 자가 한 명 있잖아요."

함께 갔던 백 의원보다 자세히? 아하… 이래서 차 수사관이 그런 행동을 한 건가.

"다른 국회의원에게 묻자는 건 아닐 테니 강 의원의 개인 비서에게 묻자는 거구만?"

"예… 어때요?"

나쁘진 않은데, 대체 왜 그렇게 눈을 부릅뜨고 묻는 거니.

"알았으니까 그만 눈 좀 풀지그래. 부담스럽거든? 아니면 내가 너한테 뭐 잘못했냐?"

"죄송해요. 생각하니까 화가 나서 그만. 아… 선배한테 화난 건 아니에요."

"음?"

"윤 검사님이 화가 난 건, 강 의원의 개인 비서 때문일 겁니다."

"차 수사관님. 그게 무슨 말씀이십니까?"

"저희에겐 필리핀에 다녀왔던 이야기는 한 적이 없거든요."

"흐음… 정 비서라고 했던가요?"

"예. 맞습니다. 정두흠 의원 밑에서 일하고 있다고 했을 때 의심을 했어야 했는데……."

"하긴 강권혁 의원과 친분이 깊었다고 들었는데, 뜬금없이 정두흠 의원이 그를 거뒀다는 게 이상하긴 하네요."

"아마도 입막음의 대가를 받았나 봅니다."

"그럼 우리도 이제 검찰을 속인 대가를 치르게 해줘야죠. 윤 검사."

"예, 선배."

"그 양반 번호 알지?"

"예, 핸드폰에 남아 있을 거예요."

"잘됐네. 바로 연락 좀 해봐."

"거절하면요?"

"백 의원을 만나고 왔다고 말하면서, 필리핀 이야기를 넌지시 꺼내면 되잖아."

"그러면 되겠네요."

그냥 여기서 통화를 하면 될 걸, 잰 또 어딜 가는 거야? 하아… 그나저나 다들 잘하고 있으려나. 우리처럼 헛수고를 하는 건 아니면 좋겠는데…….

"선배!"

"들뜬 걸 보니까 잘됐나 보네?"

"에이, 김새게… 맞아요."

"김새기는. 어디로 가면 돼?"

"예, ㅇㅇ공원 아시죠? 거기로 가시면 돼요."

*　　　　*　　　　*

안절부절못하고 있는 걸 보면, 저 사람인가 보구만.

"선배."

"알아, 괜히 화내서 일 망치지 마."

"저를 어떻게 보시고 걱정 마세요."

"차 수사관님도 부탁드립니다."

"예, 알겠습니다."

"그럼, 가보죠."

약속대로 공원 왼편, 마지막 벤치에 앉아 있는 30대 초반의 사내에게 다가가자 예상보다 많은 인원에 놀랐는지 사내는 자리에서 벌떡 일어나다 그만 앞으로 고꾸라지고 말았다.

"괜찮으세요?"

"예… 괜찮습니다……."

"아프실 텐데, 일단 앉으시죠."

"예, 감사합니다. 근데 누구신지……?"

"처음 뵙겠습니다. 윤지민 검사와 같은 팀에서 일하고 있는 검사 최승민이라고 합니다. 이쪽은 제 담당 수사관인 오은서 씨구요. 다른 분들은 이미 뵌 적이 있으니 말씀 안 드려도 아시죠?"

"예, 안녕하세요. 정명훈이라고 합니다."

"저희가 명훈 씨를 뵙자고 한 이유는 알고 계시리라 믿습니다."

"예……."

"살해당하기 일주일 전쯤에 강 의원님께서 필리핀에 다녀온 사실은 왜 숨긴 겁니까?"

"숨기다니요. 당치도 않습니다. 그것과 강 의원님이 살해당한 것과는 전혀 관계가 없다고 생각했습니다."

"뭐라구요? 저랑 차 수사관님이 사소한 거라도 좋으니까 말씀해 달라고 했을 땐 아무 말씀도 없던 분이 지금은 전혀 관계가 없다고 생각해서 말을 안 했다구요?!"

"윤 검사."

"아, 선배. 죄송해요."

"윤 검사 대신 제가 사과드리겠습니다."

"아닙니다. 두 분께서 충분히 화를 내실 만한걸요."

"이해해 주셔서 감사합니다. 그럼 이제 무슨 일이 있었던 건지 말씀해 주시죠."

"그렇게 말씀하셔도… 무슨 말을 해야 할지 모르겠습니다. 그냥 여행에 따라갔던 게 전부입니다."

순박한 얼굴로 전혀 모르겠다는 듯 그가 손사래를 치자, 차 수사관이 한숨을 쉬며 그에게 말했다.

"정명훈 씨, 이번엔 사실대로 말씀해 주시는 게 좋을 겁니다. 직장을 잃고 싶지 않으시다면 말입니다."

"그게 무슨 말씀이신지……?"

"정두흠 의원이 명훈 씨를 채용한 것과 필리핀에서 있었던 일이 전혀 관련이 없다고 말씀하실 수 있으십니까?"

"그건……."

"의원님들이 모여서 필리핀에까지 갔다면 분명 뭔가 일이 있었겠죠. 예를 들면 불법적인 정치 자금 마련을 위한 일처럼 국내에선 쉽사리 할 수 없는 일들 말입니다."

언제 봐도 참 날카롭다니까.

"지금 저희가 수사를 하려는 건 그런 정치적인 문제 때문이 아니라 강 의원 살인 사건입니다. 뭐, 정명훈 씨가 말씀을 해 주시지 않으신다면 깊게 파고들어가야 하겠지만요. 안 그렇습니까, 최 검사님?"

"예. 이미 백철중 의원 사무실까지 뒤엎은 마당에 단서를 얻기 위해서라면 뭔들 못 하겠습니까."

"그렇다시는데 어떻게 하시겠습니까?"

"제가 뭘 어떻게 하겠습니까. 약속 지켜주셔야 합니다."

"그건 걱정 마십시오."

그치들이 당신까지 입막음을 했다는 건 이미 관련 증거는 전부 없앴다는 건데 이제 와서 뭘 어떻게 하겠어.

긴 한숨을 내쉰 정명훈은 천천히 그날의 일들을 이야기하기 시작했다.

"그러니까, 강 의원이 길을 걷다가 누군가를 보고 멈췄다고요?"

"그게… 그것까지는 확실하지 않아요. 하지만 무언가를 보고 멈춘 것 확실합니다."

"명훈 씨가 착각한 건 아니구요?"

"아니요. 그건 아닙니다. 강 의원님께서 흠칫하시는 걸 분명 봤으니까요."

"그러고 나서 어떻게 됐습니까?"

"한참 동안 그 방향을 바라보시기에 이상해서 제가 강 의원님께 물어봤습니다."

"뭐라구요?"

"무슨 일이신데 그러시나구요."

"그랬더니요."

"고개를 갸웃거리시더니 저보고 먼저 숙소로 가라고 하더군요."

"그래서 그냥 왔다구요?"

"아니요. 아무리 타지라고 해도 위험한 것 같아서 같이 있겠다고 했었습니다. 그랬더니 평소엔 그리 인자하셨던 분이 역정을 내셨습니다."

"흐음… 그 후엔 별일 없었습니까?"

"예, 20분 후에 숙소로 돌아오셨는데, 강 의원님의 기분이 무척 좋아 보였습니다. 그래서 좋은 일이 있었냐고 물어봤었는데, 그냥 이곳 경치가 좋아서 그러신 거라고 하시더군요."

"강 의원이 물건을 사 왔다거나 하진 않았습니까?"

"예. 그러지는 않았습니다."

백 의원의 증언과 일치하긴 하는 점이 오히려 수상하단 말이지…….

"그 후에는요? 혹시 특별한 일은 없었구요?"

"예. 세부 섬으로 가서 휴양지에서 하루 머물다가 귀국했습니다."

"혹시 강 의원이 필리핀에 지인이 있다거나 따로 누군가를 만났다거나 한 적은 없구요?"

"아니요. 그런 적은 없었습니다."

"의원들과 함께 만난 적은요?"

"식사를 할 때 몇몇 인물들을 만나긴 했습니다. 하지만 강 의원을 살해해서 득 될 게 전혀 없는 사람들입니다."

"청탁을 하기 위해 온 자들인가 봅니다."

"예. 오히려 강 의원이 죽어서 안타까워할 자들이지요."

"그들이 누군지는 모르구요?"

"그것까진… 잘 모르겠습니다……."

흐음… 이건 직접 알아봐야겠구만.

"검사님."

"예, 수사관님 왜 그러십니까?"

"명훈 씨께 질문을 드려도 괜찮을까 해서요."

"여쭤보세요."

"정명훈 씨."

"예, 말씀하십시오."

"강 의원이 이곳에 도착했을 때 스케줄 말인데요."

"예… 그게 무슨 문제라도……?"

"필리핀에서 청탁을 받고 귀국을 했는데, 기존 일정을 그대로 소화했을 것 같지는 않아서요."

"일정이 바뀐 건 전혀 없습니다. 다만……."

"다만, 뭔가요?"

함구하라는 명령이라도 받은 건가?

"정명훈 씨?"

"다만 필리핀에서 귀국한 그날, 무슨 일인지 공항에서 택시를 타고 귀가하셨습니다."

뭐?

"그걸 왜 이제야 말해주는 겁니까!"

"제가 같이 탔었으니까요."

난 또 뭐라고…….

"동승을 한 사람은요?"

"아시다시피 일행이 아니라면 공항 택시를 동승하는 사람은 거의 없잖습니까."

"흐음, 평소엔 전혀 이런 일이 없었구요?"

"예. 하루 전날 연락을 해놓으면 당연히 김 기사가 올 텐데, 굳이 택시를 잡을 이유가 없잖습니까."

대체 뭐야? 강 의원은 왜 택시를 탄 거지?

"살해된 날엔 그런 이상한 행동을 보인 적 없습니까?"

"예, 없었습니다."

*　　　　*　　　　*

하… 어째 실마리가 잡혀갈수록 미궁으로 빠져드는지 모르겠네.

“최 검사님.”

“예, 수사관님. 말씀하세요.”

“왜 그날 강 의원은 택시를 탄 걸까요?”

“글쎄요. 하지만 제 생각엔 별 의미가 없을 가능성이 높아요.”

“선배, 정 비서 말로는 강 의원 지금껏 한 번도 그런 적이 없다고 했잖아요. 근데 왜 의미가 없을 거란 거예요?”

“상황이 특수하니까 그렇지.”

“상황이요?”

“어, 의도 자체가 좋지 못했고, 시간차가 있다고 해도 야당쪽 인사들이 공항에서 한 번에 나타나면 누구라도 이상하게 여기지 않겠어?”

“그래서 택시를 탔을 거란 말이군요.”

“응.”

“하아… 뭐가 뭔지 하나도 모르겠네요. 게다가 강 의원은 뭘 보고 그리 놀란 것이고 또 왜 그렇게 좋아했던 걸까요?”

“그러게. 분명 강 의원의 아내 말로는, 그는 필리핀엔 가본 적이 없다고 했어."

"그럼 정말 경치를 보고 놀랐던 걸까요?"

"오 수사관님, 아마도 그건 아닐 겁니다."

"차 수사관님, 그게 무슨 말씀이세요?"

"풍경을 봤던 거라면, 굳이 정 비서를 돌려보낼 필요가 있었을까요?"

"그럼 사람을 본 것이란 말이 되는데, 대체 누구였을까요?"

"일단 자세한 건 팀장님께 보고도 해야 하니 검찰청으로 돌아가서 생각해 보죠."

"선배."

"응? 뭐 할 말이라도 있어?"

"아까 하던 이야기 때문에요. 검찰청에 들어가면 바빠질 것 같은데……."

아까 하던 이야기? 아…….

"다나 씨한테 물어보자던 거?"

"예, 맞아요."

"내가 물어볼게."

"선배가요?"

그 아가씨가 또 무슨 말실수를 할지 모르는데 너한테 하라고 하겠니.

"응. 의정부 쪽에서 발견된 시체에서 나온 독성분이 뭔지도 물어볼 겸 해보지 뭐."

"흐음……."

"왜 그래?"

"아, 아니에요… 그냥 저번에 다나가 선배한테 너무하는 것 같아서요."

"걱정 마. 나보다 더 다나 씨를 잘 아는 녀석이 별걸 다 걱정한다. 기다려 봐."

부담 되게 왜 옆에 착 달라붙어 있니…….

—여보세요?

"안녕하세요. 다나 씨."

—안녕하세요. 근데, 딱 맞춰서 전화를 주셨네요. 저희 사무실에 카메라라도 달아놓으신 거 아니시죠?

"마음 같아선 하나 달아서 정말 근무를 열심히 하는 건지 확인을 해보고 싶은 마음은 굴뚝같은데, 직업이 직업이다 보니 차마 그렇게는 못 하겠더라구요."

—호호… 기쁜 소식을 들려 드리려고 했는데, 아무래도 안 되겠네요.

"왜 이러십니까? 당연히 다나 씨께서 열심히 하시는 거 아니 이런 농담을 하는 거죠."

—항상 느끼는 거지만, 이런 말 잘 못하실 것 같은 분께서 참 잘도 하신다니까요.

"칭찬으로 알겠습니다. 근데, 기쁜 소식이라면 혹시 분석이 끝난 겁니까?"

—예. 맞아요.

"흐음… 불안하게 왜 이리 뜸을 들이십니까?"

—어떻게 설명을 해드려야 될지 잠깐 고민 좀 해봤어요.

"그래서 결정은 하신 겁니까?"

—그럼요. 우선 독극물에 포함된 성분 중 피해자를 사망에 이르게 만든 것은 필리핀에서 죽음의 꽃이라고도 불리우는 타클로타이싸에요.

"타클로타이싸요?"

—예, 아마 들어보신 적 없을 거예요. 저도 국과수에서 근무하면서 이번에 처음 봤거든요. 선배들도 필리핀에 그런 독초가 있다는 것만 알고 있었다고 하더라구요.

"그렇군요."

—근데, 조금 이상한 점이 있어요.

"뭡니까, 그게?"

—타클로타이싸가 분명 독초는 맞지만, 극소량으로는 사람을 죽게 할 수 없어요.

"그게 무슨 문제가 됩니까? 많은 양을 주입하면 되는 거잖습니까?"

—시체에 나 있는 자국은 분명 송곳으로 찔린 자국이었어

요. 일부러 개조를 하지 않는 이상 불가능하단 말이죠.

"지금까지 살인범의 행동을 보면 그리 특별할 것 같지는 않네요. 치사량은 일반 주사기로 치면 어느 정도입니까?"

—5분의 1 정도면 충분할 거예요.

"타클로타이… 하여튼 그 독초가 마비도 같이 일으키는 겁니까?"

—예, 그래요.

"송곳에 묻힐 정도의 양으로 마비를 유발할 수 있는 거구요?"

—아니요. 그렇게 극소량으론 불가능해요.

"흐음… 그렇다면 다나 씨 말대로 개조를 했을 가능성이 높겠네요. 그 손가락을 절단하는 도구를 만든 것처럼요."

—예, 지금으로선 그럴 가능성이 높아요. 그리고 범인은 분명 필리핀에서 오랫동안 머물렀을 거예요.

"그건 왜죠?"

—타클로타이씨를 독으로 이용하기 위해선 조금 복잡한 과정이 필요하거든요. 타클로타이씨를 사냥에 이용했던 필리핀 원주민이 아니라면, 제조법을 아는 사람은 없다고 봐야 하니까요.

"뭐, 필리핀 조직과 연계해서 인신매매까지 벌인 놈이니 당연히 필리핀에서 머물렀다고 봐야겠죠."

—예, 오태석이가 범인이 아닐 가능성이 높아졌다는 거구요.

하긴 언어를 익히는 데만 해도 한세월이었을 텐데, 그런 제조법을 배울 리가 만무하지. 흐음… 이거 우리 추측대로 오태석이가 필리핀에서 놈을 만났을 가능성이 높겠구만.

—제가 알아낸 건 여기까지예요. 혹시 새로운 증거라도 발견하신 건 있나요?

"아니요. 그랬다면 좋았겠지만, 아직은 이렇다 할 증거는 나오지 않았어요. 뭐 단서라면 몇 개 찾아내긴 했지만요."

—흐음, 역시 최 검사님이시네요.

"변변찮은 단서들이라… 그런 말을 들으니 얼굴이 빨개지려고 하네요."

—매번 그렇게 말씀하시면서 잘 해결해 오셨잖아요.

"말씀 감사합니다. 그래서 말인데, 한 가지 여쭤봐도 되겠습니까?"

—예, 말씀하세요. 언젠 안 그랬나요.

"그 지민 씨 아버님 사건 때 말이에요."

—어머? 설마 지금 그 일을 들먹여서 저한테 뭔가를 얻…….

"그게 아니라 지민! 이가 옆에 있는데, 그 일로 궁금한 게 있다고 해서요……."

—아~ 그러셨구나…….

이상하단 눈초리로 바라보는 지민의 모습에 서둘러 말을 돌렸다.

"제가 그 사건을 자세히 몰라서 그런데, 필리핀 조직과 관련이 있다고 들었는데 맞습니까?"

—그것 때문에 그러신 거군요. 저는 또 다른 이유가 있으신 줄 알고 하마터면 최 검사님을 오해할 뻔했네요.

제발 그런 말 좀 안 해줬으면 하는데, 당신 친구가 옆에서 귀를 쫑긋 세우고 있다고 지금…….

"그럼요. 윤 검사, 걱정되는 건 아는데 좀 떨어지면 안 되겠냐?"

—어머… 지민이가 바로 옆에 있나 보네요?

"예, 저번에 다나 씨께서 저한테 화를 내신 것 때문에 이러는 모양이에요."

—그 일은 걱정 안 해도 된다고 그렇게 말했는데 애가 착해서 잔걱정이 많아요. 아, 뭐라고 하셨었죠?

"필리핀 조직과 관련이 있냐고 물었습니다."

—예, 맞아요. 근데 갑자기 그건 왜… 아… 이번에 수사 중인 조직과 같은 조직인지 확인하려고 그러시는군요?

"맞습니다. 혹시 조직 이름을 기억하시나요?"

—아니요. 하도 오래돼서 기억은 잘 안 나요. 으음… 그러니

까… 지민이 아버님께서 한국계 조직이라고 하신 것 같긴 한데…….

한국계? 잠깐만 분명 박 형사님이 대규모 마약 밀수 사건이라고 하지 않았었나?

"혹시 라리퐁이란 이름 들어본 적 있습니까?"

—아! 맞는 거 같아요. 그 무슨 방계……? 라고 했던 것 같은데요?

하… 이게 사실이라면 정말 바빠지겠구만…….

"감사합니다. 덕분에 일이 조금은 수월해지겠네요."

—그럼 설마 같은 조직이었던 건가요?

"지금으로선 그럴 가능성이 높습니다. 정확한 건 조사를 해봐야 알겠지만요. 도와주셔서 감사합니다."

—뭘요~ 당연히 도와드려야죠.

전화를 마치자 역시나 지민이 녀석이 놀란 얼굴로 물어왔다.

"선배, 다나 말이 사실이라면 이 사건이 저희 아버지께서 해결했던 그 사건과 연관이 있단 말이잖아요."

"아직은 그렇게 속단하긴 일러."

"윤 검사님 아버님께서 해결하신 사건이 무엇인지는 모르겠지만, 그래도 새로운 돌파구가 생긴 건 확실하지 않습니까?"

"차 수사관님 말씀대로입니다. 근데 갑자기 저희가 예상한 범위를 넘어서는 정보들을 너무 많이 들어서 그런지 머리가 다 지끈거리네요."

"그러게나 말입니다. 도무지 어디서부터 어떻게 손을 대야 할지 감이 안 옵니다."

"수사관님, 그마나 다행이지 않아요?"

"그게 무슨 말씀이십니까?"

"작년만 했어도 이걸 혼자 맡았어야 했으니까요."

"그렇긴 하네요."

"너무 어려운 문제라 죄송스럽지만 팀장님의 힘을 좀 빌려야겠습니다."

"제 생각도 그러는 게 좋을 것 같습니다. 저희보다 훨씬 경험이 많으신 분이시니 분명 현명하게 해결해 주시겠죠."

말을 끝마친 차 수사관이 확신에 찬 눈으로 날 바라봤다.

*　　　*　　　*

"뭐?! 그게 사실이야? 최 검사 처음부터 다시 한 번 설명 좀 해보게. 난 도무지 이해가 안 되는구만……."

언제나 예상 범주를 벗어나는 양반이라니까…….

"팀장님. 그러니까, 실은……."

최대한 간략하게 설명을 한 것 같긴 한데… 어떨라나?

"필리핀에서 자라는 독초를 이용했다? 이거 골치가 아프구만. 일단은 자네들이 백 의원을 만난 부분부터 풀어가 보자고. 의원님들께서 휴양을 가서도 나랏일에 이리 열심이셨다니 말이야. 그러니까, 강 의원이 필리핀에서 뭔가를 본 것 같다?"

"예, 팀장님."

"최 검사, 자넨 무얼 본 것 같나?"

"글쎄요. 사실 감조차 잡히지 않습니다만, 만약에 누군가를 본 것이라면 적은 아니었다고 봐야 하지 않겠습니까?"

"강 의원이 반색을 할 정도로 기뻐했다고 했으니, 그렇다고 봐야겠지. 아니면 강 의원이 그 필리핀 조직과 연계를 했을 가능성도 있지 않겠나?"

"설마, 강 의원이 이번 인신매매 사건에 관여했다고 보시는 겁니까?"

"어쩌면? 안 그랬다면 굳이 필리핀으로 갈 이유가 없지 않겠나?"

곽 팀장의 말대로 정말 그랬을지도 모르지만 의원들 모두가 관련된 것이 아니라면 그건 말이 안 돼. 그리고 조직과 관련이 있다면 결국 만날 예정이었을 텐데 그가 그리 기뻐했다는 것도 이상하고…….

"왜 그러나?"

"강 의원이 조직과 손을 잡았다면, 굳이 다른 의원들과 동행할 이유가 있었을까요?"

"하긴 다른 의원들의 눈을 피하려고 했던 걸 보면 내가 너무 앞서갔나 보구만. 강 의원의 부인에게 필리핀에 대해서 들은 것 없다고 했던가?"

"예, 필리핀에 간 사실조차 모르고 있었습니다. 강 의원의 지인도 없다고 했었구요."

"그렇구만. 이 일은 강 의원이 본 것이 무엇인지 알아내지 못한다면 내막을 알긴 어렵겠어. 그래, 아까 윤 검사의 아버님께서 맡은 사건과 이번 사건의 조직이 같다고 했지? 정확히 무슨 사건이었나?"

"리조트와 요트 사업을 하던 조직 폭력배 일당들이 필리핀 조직과 연계해서 마약을 밀수하던 사건이었습니다. 다행히 윤 검사 아버님께서 해결을 하셨구요."

"그랬구만. 윤 검사, 사건은 정확히 언제쯤 있었던 일인가?"

"그게 작년 여름쯤이었습니다."

"그렇다면 꽤 오래전 일이구만. 이거 새로운 범죄를 계획했을 시간은 충분했을 같은데? 나만 그렇게 생각하나?"

"제 생각도 같습니다."

"최 검사, 전에 그 운송책이란 자가 놈들의 브레인일 거라고 했던가?"

"예, 팀장님."

"그렇다면 윤 검사 아버님이 맡았던 범죄도 그놈의 머릿속에서 나왔을지도 모르겠구만. 아니, 확실할 거야. 갑자기 한국에서 활발히 활동을 했다는 게 오히려 이상한 일이니까. 윤 검사."

"말씀하십시오."

"아버님께 연락해서 놈들이 어느 교도소에 있는지 물어봐."

"놈들이라면? 마약 밀수를 벌이던 일당들 말입니까?"

"당연한 걸 뭘 물어보나. 최 검사."

"예, 팀장님."

"윤 검사의 통화가 끝나는 대로 함께 놈들을 만나보게."

* * *

"아버님께선 뭐라고 하셨어?"

"그냥 웃으시던데요."

"그래?"

"예, 근데 걱정은 많이 하시더라구요."

"쉬운 사건이 아니니까 아무래도 그렇겠지. 게다가 부모님의 입장이시니 더 하시면 더했지 덜하진 않잖아."

"그런 것보다는 어렸을 때부터 제가 덤벙거려서 그것 때문에 주변 사람들한테 폐는 끼치지 않을까 걱정이신가 봐요."

"글쎄. 내가 보기엔 덤벙거리지는 않는 것 같은데?"

"그래요?"

"응, 오히려 눈치가 없어서 문제지."

"선배!"

"이거 누가 보면 차 안에 둘뿐이 없는 줄 알겠습니다. 안 그래요, 차 수사관님."

"그러게요. 저희도 좀 끼워주시죠. 그래도 한 팀인데, 너무 소외된 것 같아서 섭섭합니다. 검사님들."

"그랬나요? 죄송하게 됐습니다. 이제부턴 차 수사관님의 어린 시절 이야기를 들어볼까요?"

"그거 재미있겠네요. 차 수사관님과 남부지검에서 오랫동안 근무했지만, 개인사는 들어본 적이 없었거든요."

"오 수사관님… 저희 같은 편 아니었습니까?"

"에이~ 다 같은 팀인데 편이 어디 있나요?"

하아… 내가 할 말은 아니지만, 수사를 하러 가는 건지 피크닉을 가는 건지 모르겠네. 가끔은 이런 것도 나쁘진 않겠지만… 매번 이러면 곤란한데?

"그래서 차 수사관님께서 어릴 적엔 어떻게 지내셨나요?"

"그게……."

거짓말을 해도 알 사람도 없는데, 너무 고민하는 거 아닌가?

—지이잉 —지이잉

"이거, 차 수사관님의 과거사는 좀 이따 들어야겠네요."

"누구한테 온 전화인가요? 혹시 팀장님께?"

"아니요. 수사관님. 유 형사님이요."

"아……."

"여보세요. 예, 유 형사님. 혹시 무슨 일이라도 있습니까?"

—그런 게 아니라, 곽 팀장님께서 최 검사님께 알려 드리라고 하셔서요.

"음? 팀장님께서 제게요?"

방금까지 같이 있던 양반이 왜 그러지?

—예. 검사님.

"그래요? 팀장님께서 무슨 지시를 내리셨습니까?"

—그런 건 아닙니다.

"그럼?"

—팀장님께 보고를 드렸더니, 민 형사와 함께 김 기사를 만났던 내용과 남부 경찰서에서 오태석에 관해 조사한 내용을 검사님께 알려 드리라고 하셨습니다.

"아… 그랬군요. 그래요, 어떻게 됐습니까?"

—우선 박 팀장님께서 오태석의 부인과 만나본 결과, 오태석의 대인관계는 그리 좋지 않았다고 합니다. 집으로 지인이나 친구를 데려온 적도 없다고 하더군요.

“허어… 그럼 필리핀에 갔다고 해서 갑자기 사람이 달라질 일은 없을 테고, 자신의 비밀을 이야기해 줬다면 꽤나 운송책과 각별한 사이였겠군요.”

—예, 나이대도 비슷했을 가능성이 높습니다. 그리고 정황상 운송책 쪽에서 오태석에게 먼저 접근을 했을 가능성이 높구요. 뭐… 지금 상황에선 다 추측일 뿐이지만요.

“그래도 알아낸 게 어딥니까. 그러고요?”

—검사님께서 조사해 달라고 부탁했던 그 마지막 피해자의 목격자 말입니다.

“예, 조단화였나 하는 신발 문제였죠?”

—맞습니다. 근데, 김 형사에게 자신이 본 건 검은색이 확실하다고 했답니다.

“그래요? 혹시나 잘못 본 거라거나 착각한 건 아니구요?”

—예. 김 형사가 몇 번을 되물어도 같은 대답만 하더랍니다. 하지만 조단화 무늬에 대해서 상세하게 설명을 한 걸 봐선… 어쩌면, 페이크 메모리일지도 모르겠습니다.

페이크 메모리? 아… 장남수 사건 때… 직접 경험하지 않았더라면, 믿지 못했을지도 모르겠네.

“아무래도 당황을 했을 테니 그랬을 가능성이 높겠네요.”

—예, 뭐 알리바이도 확실한 걸 보면, 범인과 관련이 있다거나 그런 건 아닌 것 같습니다.

"그래요? 그건 듣던 중에 반가운 소식이네요. 유 형사님께서 직접 맡았던 김 기사란 자는 어떻습니까?"

—그게 횡설수설하는 걸 보면 뭔가 찔리는 게 있는 것 같은데 쉽사리 입을 열지 않더군요. 아무래도 한 번 더 만나봐야 할 것 같습니다.

"그래요. 팀장님께 대충 어떤 상황인지 들어서 알고 있겠지만, 김 기사란 자의 증언이 상당히 중요합니다."

—예. 필리핀에서 강 의원이 만난 게 사람이었다면, 다른 자들은 몰라도 김 기사만큼은 봤을지도 모르니까요.

"역시, 유 형사님이십니다."

—과찬이십니다. 보고는 여기까지입니다.

"그래요. 고생 많으셨습니다."

"선배, 무슨 일이에요?"

"아, 팀장님께서 놈들을 심문하는 데 도움이 될까 봐 유 형사가 조사한 내용을 알려주라고 한 모양이야."

"그래서 뭐 도움이 될 만한 이야기라도 들으셨습니까?"

"예, 차 수사관님. 유 형사의 추측으로는 범인의 나이가 지금 30대일 가능성이 높다고 하네요."

"그렇습니까? 이거 어떤 식으로 놈들과 대화를 풀어가야 할지 걱정이었는데 조금은 안심이 되네요. 그리고 또 다른 것 없었습니까?"

"김 기사가 의심스럽다네요."

"김 기사라면……? 검사님, 어떻게 봐도 강 의원의 죽음에 대한 알리바이를 무너뜨릴 수 있는 요주의 인물 아닙니까?"

"그렇죠. 강 의원이 살해되던 날, 강 의원 자택에 머물던 몇 안 되는 인물 중 하나니까요."

"선배, 설마 지금 김 기사가 공범이라고 생각하시는 건가요?"

"딱히 그렇게 생각하진 않지만, 모든 가능성을 열어둬야 하지 않겠어?"

"그렇긴 하죠."

"자. 복잡하게 여러 생각하지 말고 지금은 눈앞에 일부터 처리해 보자구."

"예, 하필 해남 교도소라니… 갈 길이 머네요."

"오랜만에 바다도 보고 좋지 뭐."

* * *

"안녕하십니까. 윤지민 검사와 한 팀에서 일하고 있는 최승민이라고 합니다. 이쪽은 제 수사관인 오 수사관님이시고, 저분이 윤 검사의 담당 수사관인 차 수사관입니다."

"그래요. 윤필성이라고 합니다. 다들 반가워요."

지민의 아버님께서 지민의 담당 수사관이라는 말에 차 수사관을 한 번 더 보고는 내게 악수를 건네 왔다.

"딸아이에게 유능한 검사님이라는 이야기는 많이 들었습니다."

"그랬습니까. 이거 못난 선배여서 아버님께서 그리 말씀해 주시니 부끄럽습니다."

"그럴 리가요. 안 그래도 한 번쯤 꼭 만나고 싶었는걸요."

"말씀 편하게 하십시오."

"아니에요. 그래도 딸내미 직장 선배분께 그럴 수야 없지요. 아무튼 바쁘실 텐데 슬슬 가보죠. 교도관에겐 말해놨으니, 바로 놈을 만나볼 수 있을 겁니다."

"신경 써주셔서 감사합니다."

"뭘, 이런 걸 가지고 그러십니까. 최 검사님께서 해준 일에 비하면 아무것도 아닌데요."

"응? 아빠, 최 선배가 뭘 해줬는데?"

"뭘… 해주긴, 널 잘 이끌어주고 있으니 감사해서 그러지."

"뭐야… 사람 민망하게."

"아니라는 말은 못 하는 걸 보니 맞나 보구나?"

"맞긴 뭐가 맞아요!"

짓궂은 눈빛으로 이쪽을 보시는 걸 보면, 근엄한 얼굴과는 달리 장난을 좋아하시는 분이시구만…….

"아직도 애구만. 검사님께서 이해해 주십시오."

"뭘요. 괜찮습니다."

"감사합니다. 그럼 가시죠."

지민의 아버님을 따라 교도소 안으로 들어가 10분 정도 기다리자, 교도관이 주황색 죄수복을 입은 40대 초반의 남자를 우리에게 데려왔다.

"염세훈 씨."

"예, 왜요? 먼 길 오셨는데, 뭘 그리 뜸을 들이시나?"

교도관의 감시하에 자리에 앉은 사내가 귀찮다는 듯 눈살을 찌푸리며 말을 이었다.

"물어볼 게 있어서 왔으면 후딱 말씀하쇼."

"그러죠. 그럼, 단도직입적으로 묻겠습니다. 당신 조직과 함께 마약 밀수를 했던 필리핀 조직원의 신원을 확인하기 위해 여기까지 왔습니다."

"뭐야? 어쩌진 저 양반이 여기 있어서 대충 그 일일 거란 짐작은 했었지만, 이거 뻔한데."

"야, 염세훈. 여기가 무슨 놀이터야? 성실하게 대답 안 해?"

"하여간, 성질머리는 여전하구만. 근데 융통성이라고는 하나도 없는 그 성격으로 어떻게 섬에 마약을 숨긴 걸 알아냈나 몰라… 운도 지지리도 없지."

"운은 무슨. 네놈들 생각이 너무 뻔하니까 그렇지."

"아~ 그래서 몇 달 동안 그 고생을 하셨나?"

조직 폭력배치고는 엘리트 코스를 밟았다고 해서 점잖을 줄 알았더니, 이거야 원… 그 나물에 그 밥인가 보구만.

"염세훈, 독방에 갇히고 싶지 않으면 그만하는 게 좋을 거야."

"알았수다. 어이, 젊은 형씨. 묻고 싶은 게 뭐야?"

"마약 밀수를 할 당시 당신과 거래를 진행했던 필리핀 조직원에 대해서 알고 싶은데."

"아… 그놈?"

『다시 한 번』 8권에 계속…